Onoverwinnelijk:
Een Westerse Roman

Richard G. Hole

Far West 1

SAMENVATTING

Drie outlaws, gestationeerd in het ruige terrein, verschenen plotseling op het pad en wezen naar hem.

Maar zodra ze de reiziger hadden tegengehouden en hem probeerden te omsingelen om hem het geld te ontnemen, haalde hij met de verworven lichtheid de kleine revolver tevoorschijn die hij om zijn middel droeg en met twee nauwkeurige schoten, die bijna trilden. tegelijkertijd schoot hij twee van de mannen neer. outlaws.

Toen de derde verbaasd wilde reageren en de agressie wilde afweren, bracht een nieuw schot hem een hand en een revolver, waardoor hij van een dijk moest vallen om het lot van zijn metgezellen niet te ondergaan.

Onoverwinnelijk is een verhaal dat behoort tot de Wild West-collectie, een verzameling romans ontwikkeld in het Amerikaanse Far West.

ONOVERWINNELIJK

HOOFDSTUK I

TWEE "VERLOREN KOGELS"

Bud Raines werd geboren met de "Colt" in de hand, volgens de unanieme bevestiging van alle inwoners van de regio. We durven niet te verzekeren dat dit materieel zo zou zijn gebeurd, maar figuurlijk zou niemand hebben toegestaan te verzekeren dat het niet waar was.

De ochtend dat hij ter wereld kwam in een vrolijk stadje naast een van de grote bochten die de Colorado-rivier vormen, genaamd Grand Canyon, tussen de Indiase reservaten van Havasupai en het kleine Colorado, bevestigde zijn grootvader, de oude Kelly, heel serieus toen hij observeerde dat Bud naar de planeet kwam en in beide vuisten bijt:

'Kijk naar hem, arm ding; Hij wordt gek omdat hij niet in staat is geweest om een goede "Colt" van 45 te fotograferen, zoals zijn hele familie.

En toen hij zich realiseerde dat het zijn plicht was om de pasgeborene te voorzien van een zo verlangde gadget, haalde hij het zijne uit de holster, ontdeed het van de kogels en plaatste het in Buds trillende handen, die boos de loop naar zijn mond bracht alsof hij het was de lekkerste fles.

Sinds die dag was het favoriete speeltje om hem het zwijgen op te leggen als hij een hond ving de revolver. Opa Kelly veranderde in zijn gouvernante, hield hem in zijn handen en drukte op de trekker om de jongen af te leiden, en toen Bud begon te lopen, vond hij een oude revolver voor hem, bond een touw aan de spits vast en Bud sleepte hem mee. door de ranchkamers alsof het een voertuig is dat is gekocht in de meest luxeueze bazaar.

Toen Bud acht jaar oud was, hield zijn grootvader vol dat de tijd was gekomen om de eerste instructie van de neofiet te beginnen, waardoor hij serieus moest oefenen met het hanteren van het wapen. De oude Kelly, een groot voorproefje van temperamenten, beweerde dat het bloed van zijn kleinzoon een lading dynamiet was met een brandende lont erin en daarom had een man met zo'n temperament niet meer dilemma dan beter dan wie dan ook te leren omgaan met de revolver. of zich zorgen maken over het verkrijgen van een goed graf op de dorpsbegraafplaats, om het te bezetten op het moment dat zijn bloed hem waarschuwde dat hij niet langer een jongen was om te streven naar een man.

En te geloven dat die oude Kelly gelijk had. Lang voordat hij had verwacht, had Bud de kans om zijn onstuimigheid te tonen en te getuigen hoe goed hij de lessen van zijn grootvader goed had benut.

Toen hij nog maar twaalf jaar oud was, ging hij op een dag met zijn vader eropuit om een reis te maken naar een nabijgelegen stad genaamd Apex, waar zijn vader de hoeveelheid verkocht vee moest ophalen.

Ze keerden tegen de schemering terug naar de Grand Canyon, toen drie outlaws, gestationeerd in het ruige terrein, plotseling op het pad verschenen, wijzend naar Buds vader en hem verachtten omdat hij hem als een schepsel beschouwde met de fles nog tussen zijn tanden; Maar zodra ze de reiziger hadden tegengehouden en probeerden hem te omsingelen om hem van het geld te beroven, haalde Bud, met de lichtheid die zijn grootvader hem had laten verwerven om het wapen te hanteren, de kleine revolver die hij om zijn middel droeg. , en met twee nauwkeurige schoten, die bijna gelijktijdig trilden, sloegen twee van de bandieten neer en toen de derde, verbaasd, wilde reageren en de agressie wilde afweren, bracht een nieuw schot hem een hand en een revolver, waardoor hij een val naar beneden dwong. dijk om niet het lot van zijn metgezellen te ondergaan.

De prestatie verspreidde zich via mond-tot-mondreclame in de hele regio en Bud begon met respect te worden beschouwd, toen hij nog maar de leeftijd had om een pak slaag te krijgen voor zijn capriolen.

Het vreemde was dat Bud niet tragisch opgewonden was door zijn prestatie. Het bloed leek geen indruk op hem te maken en toen zijn grootvader hem dwong om voor de zoveelste keer de details van zijn prestatie te herhalen, verzekerde de jongen heel formeel:

'Het was iets kostbaars, opa.' Hij wilde heel graag op iemand repeteren, want hij was het al zat om met bomen en wilde eenden te gooien. Het lijkt mij dat de volgende keer dat ik weer schiet, ik op die brute Fred Sanders zal schieten, die me meerdere keren met zijn verschrikkelijke vuisten op de grond heeft laten bijten.

Fred Sanders was de zoon van Buds vaders voorman, een lange, gedrongen jongen, van dezelfde leeftijd als Bud en Buds beste vriend. Samen waren ze los opgegroeid in de weilanden, zonder God of de duivel te vrezen, en samen hadden ze talloze kleine overvallen gepleegd die typisch waren voor hun leeftijd, elkaar helpend als iemand een ramp had meegemaakt.

De twee hielden van elkaar als broers; Maar toen hun meningsverschillen explodeerden, regelden ze de criteria met hun vuisten, en hoewel Bud sterk en taai was, was zijn vriend vaardiger en versloeg hem uiteindelijk.

Toen dit gebeurde en Bud boos was, maar zonder een traan te vergieten, bloedend uit de mond of neus, zou Fred hem op zijn schouder dragen, het schoppen van zijn vriend negerend, hem naar de dichtstbijzijnde stroom brengend, zijn wonden wassend met de zorg die Ik zou het doen met een broertje en dan zou ik tegen hem zeggen:

'Nou, Bud, koester geen wrok tegen mij.' Ik doe het zo zodat je leert jezelf te verdedigen met vuisten, dat vuisten ook een doel dienen. Op een dag zul je me kunnen helpen en die dag zul je iets hebben geleerd waarvoor je me zult moeten bedanken.

Maar Bud heeft niet geleerd om Fred te verslaan. Hij had zijn stevige vuisten geoefend op andere jongens die ouder waren dan hij, en was erin geslaagd ze vreselijk toe te passen; maar toen hij terugviel met zijn vriend, werd hij dodelijk door hem verslagen, en mislukking deed zijn bloed ontbranden en hij zwoer felle wraak op hem te nemen.

Opa Kelly, hij zag zichzelf en wilde dat idee uit zijn hoofd zetten. Hij zou dat niet moeten doen met de beste vriend die hij bezat, en als Fred vaardiger was met zijn vuisten dan hij was, was het zijn plicht om te leren er beter mee om te gaan, hem nobel te verslaan.

Het succes van die dag was verschrikkelijk voor hem. Aangemoedigd door dit vertoon van beheersing van het wapen, schuwde hij niet om te pronken als een kleine schutter, en toen de bozo onder zijn neus begon te wijzen en hij dacht dat hij een man was met het recht om af te wisselen tussen echte mannen, hij deed dat met zo'n opschepperij dat hij meer dan eens moest laten zien dat wat hij via zijn tong losliet, hij kon volhouden met het pistool in zijn hand.

Toen hij achttien jaar oud was, en kort voordat zijn vader stierf, en er een ineenstorting plaatsvond in zijn leven die hem bijna in een tragedie stortte, hoorde hij mensen vanuit de vallei zeggen dat een vreselijke schutter "el Rojo del Colorado" heette, en dat hij, hij gebruikte zijn roem en zijn veiligheid bij het hanteren van de revolver, stroopte alle industriëlen van Gran Canyon af, leefde als een koning en dwong de gokkers hem een bonus te geven voor elke avond dat ze het spel openden. in de gokhallen.

Het kon Bud niet schelen of hij de gokkers opgelicht had. Hij haatte hen, omdat hij het vermoeden had dat ze hem een keer vijfhonderd dollar hadden gewonnen met slechte kunsten, hoewel hij het niet kon verifiëren; maar hij kon niet toegeven dat niemand in de regio het aannam respect af te dwingen met wapens in de hand terwijl hij daar was, en hij besloot de pestkop af te maken.

Hij zocht Fred en stelde eenvoudig voor:

'Wil je dat we naar het dorp gaan om die opschepperige en verwaand 'Rood' af te maken?

"Nou, maar denk je niet dat twee voor één een beetje laf zal zijn?

"Niet. We gaan je één ding voorstellen. We geven je vijf minuten om op een paard te rijden en de stad uit te gaan. Als ik dat niet wil, laat hem dan kiezen tussen jou die hem slaat of dat ik hem neerschiet. Misschien hij veracht je, maar accepteert mij, en dan...

"Goed geaccepteerd." Dat je kiest; Maar als je er dood aan gaat, zeg me dan dat ik er later pulp van zal maken.

"Dat lijkt correct. Ik doe hetzelfde met hem als hij jou als eerste verslaat.

Die avond verschenen ze in "El Gallo Verde", waar de pestkop vaker stopte, en toen ze hem ontdekten aan de tafel van een farao, kijkend naar de wedstrijd, benaderde Bud hem, liet zijn hand op zijn schouder vallen en zonder verder oponthoud zei hij:

"Luister vriend; Deze " dit was Fred " en mij, het stoort ons erg dat hier, waar we zijn geboren, niemand beweert sterker en vaardiger te zijn dan wij. Ze zeggen dat je opschept dat je ijzeren vuisten en behendigheid van handen, het besturen van de "Co1t", dat er niemand gelijk is aan jou. Welnu, hier zijn we klaar om je je fout te laten zien, en we geven je niet om meer dan twee paden te kiezen: of je vecht met zijn vuisten, of schiet me neer, of je hebt vijf minuten om de stad te verlaten en de route te vergeten waar je naartoe kunt terugkeren.

De pistoolman keek hen glimlachend aan, erg geamuseerd, terwijl hij ze beschouwde als twee baardeloze jongens, bewusteloos en opschepperig; maar aangezien de uitdaging formeel was en in het bijzijn van veel mensen antwoordde hij ironisch:

"Ik ben niet gewend om kinderen te slaan, want ik heb het nooit als iets voor mannen beschouwd;" Maar als kinderen erop staan te worden geslagen, moeten ze blij zijn. Ik geef deze opschepperige vuist eerst een flinke klap, en dan sla ik twee kogels in je ribben zodat je even moet krabben.

'Nou, blijf bij het plan.' Vertel ons nu of je de voorkeur geeft aan viooltjes voor je graf, of meer dol bent op groenblijvende planten. We hebben de gewoonte om een kroon te geven aan iedereen aan wie we eeuwige rust geven, en u zult geen uitzondering zijn.

De bandiet barstte in lachen uit en zei:

"Ik wil jullie niet ruïneren." Met een flinke bos distels heb ik er genoeg.

"Zeer goed. Nou, je zult blij zijn.

Het publiek, dat Bud en Fred goed kende, was opgetogen over dit evenement. Alleen dat paar gekken konden hen van hun kant bevrijden van de overvallen van de schutter, en ze wachtten vol verwachting op het gevecht, aangezien ze beide waardige rivalen beschouwden.

Fred trok zijn leren jas en vest uit, rolde de mouwen van zijn overhemd op om twee niet erg dikke armen te onthullen, maar met vreselijk gecultiveerde spieren, en richtte zich tot "de Rode", die dezelfde operatie uitvoerde. , Hij zei:

'Wanneer je maar wilt, we kunnen de show beginnen.'

Ze staarden allemaal naar de harige, zwartgeblakerde armen van de outlaw, en diep van binnen verwedden ze geen dollar op Fred. Zijn rivaal was veel taaier en zwaarder, en ze gingen ervan uit dat hij hem een pak slaag zou geven.

Het gevecht begon in de speelkamer van de gokhal, die was vrijgemaakt, waardoor er veel ruimte was voor de deelnemers, en ze begonnen in een prachtig gevecht het gevecht dat zwaar, spectaculair en opwindend was.

"El Rojo", ondanks zijn kracht en zijn vuisten, kreeg vreselijke liefkozingen van Fred's, die met de grootste moed vocht; maar hij wist ook hoe hij zijn rivaal vreselijke slagen moest toedienen, waardoor zijn gezicht er jammerlijk uitzag.

Beiden bloedden uit mond, neus en wenkbrauwen en gaven niet toe in de verschrikkelijke strijd; maar men merkte op dat Fred minder weerstand kon bieden dan zijn resistente vijand en dat als het gevecht niet nul was, het in het voordeel van de schutter zou leunen.

Zo was het. Toen beiden al uitgeput waren, slaagde "de Rode" erin om, onoplettend, zijn enorme vuist op de kin van zijn rivaal te plaatsen, en hij, verrast en met uitgeschakelde energie, rolde over de vloer, hem bewusteloos achterlatend. .

De outlaw plofte neer op een kruk, hijgend als een beer, en vroeg om whisky om zichzelf op te halen, en Bud, die hem kalm aankeek, kwam naar hem toe en zei:

'Ik neem aan dat je niet in een goede conditie bent om met de revolver om te gaan en ik wil niet dat ze zeggen dat ik er misbruik van maak om je als een kip te doden.' Ik geef hem de hele nacht om te rusten en beter te worden, en morgen, om tien uur, kom ik hem halen zodat we deze zaak kunnen afmaken. Ik heb besloten dat je na vijf over tien geen schaduw over het land van deze stad mag werpen, en ik zal je geen minuut meer geven.

De bandiet, gestrest door zijn triomf, aanvaardde de wapenstilstand en, nadat hij bijna een fles whisky had leeggedronken, trok hij zich terug om te rusten.

Bud nam het levenloze lichaam van zijn vriend en bracht het naar de ranch, waar hij zorgde voor reanimatie, wat hem veel werk kostte, en toen hij erin slaagde, zei hij:

'Je was niet slecht, maar je tactiek was verkeerd.' Je had zijn maag moeten werken in plaats van te proberen zijn tanden te breken. Ik ben blij dat iemand je een keer in je leven heeft geslagen, maar ik kom terug op je. Morgen vermoord ik die opschepperige idioot en als je het goed hebt, geef ik je een grotere pak slaag dan hij je ooit gaf omdat je je liet slaan.

De volgende dag, op de geplande tijd, ging hij naar "El Gallo Verde" op zoek naar de schutter, die als een echte man naar de afspraak was gekomen. Fred was koppig geweest in het begeleiden van zijn vriend, want als hij viel als een ram, was hij klaar om opnieuw met het ongewenste te vechten en zijn hart te verlammen om zijn vriend Bud te wreken.

Hij stelde voor:

'Laten we naar een plek gaan waar we de vloer niet vervuilen met ons smerige bloed.' Tweehonderd meter verderop is een heel goed luzerneveld waar ze ons in kunnen begraven.

De bandiet accepteerde en ze gingen naar het veld. Daar werd al een cowboy uitgeleend om als peetvader op te treden.

De deelnemers werden op twaalf meter hoogte geplaatst, met hun armen langs het lichaam, en de rechter trok de waarschuwing in dat hij een preventieve klap zou geven en nog een om zich te haasten om te schieten.

Bud, sereen alsof hij een rodeo bijwoonde, had zijn ogen gericht op die van "Rood", die niet erg kalm leek tegenover de kalmte van die bijna baardeloze jongen, die te licht leek te hebben beoordeeld, en toen hij de eerste klap trilde, beiden verstijfden met het oor aandachtig naar de finale.

Toen het trilde als een kanonschot, bewoog Buds rechterhand op een onwaarschijnlijke manier. Niemand die het duel bijwoonde, besefte hoe hij de kolf van de revolver had bereikt en hoe hij had geschoten; maar feit was dat, toen "Rood" zijn enorme "Veulen" half uit de holster had gehaald, hij een schot in het midden van het hart had gekregen waardoor hij zijn poging niet kon afmaken.

"The Red One" viel plat op de luzerne en begroef zijn gezicht erin, en Bud wendde zich kalm tot Fred en zei:

'Laten we eens kijken wanneer je zo leert schieten.' Je bent een eikel die de "Col" hanteert, en ik denk dat je zelfs je vuisten beweegt.

'Nou,' zei Fred kalm. Als ik genees, zal ik het je in je eigen vlees laten zien.

Die middag werd de vogelvrije begraven, en Bud, gehoorzaam aan zijn aanbod, bad voor de ziel van de dode man en legde de distelbundel op zijn graf.

Ondanks dit verlangen naar strijd en bloed, was Bud noch een geharde jongen, noch een sadist. Hij had een hart van goud en was voortreffelijk tot verzadiging, en alleen als het ging om het register van zijn zelfrespect bij het hanteren van het wapen, werd hij een beest en herkende hij geen vrienden of vijanden.

Zijn heldendaden hadden hem veel ongenoegen bezorgd, en de jonge man, die zich realiseerde dat de stad geen groot experimenteerveld was voor zijn destructieve vaardigheden, verlangde ernaar eruit te komen en naar het Westen te reizen, om, zonder belemmering of beperking, in effect zijn verlangen om te vechten; maar de tegenstand van zijn vader was hevig en Bud werd gedwongen de auteur van zijn dagen, van wie hij waanzinnig hield, tevreden te stellen.

Maar even later stierf de oude Jim onverwachts, en Bud, in plaats van de "Colt" in de kast te zetten en voor zijn landgoed te zorgen, drong tot hem door dat dit het juiste moment was om zijn vrienden te plezieren. gretigheid en zonder voorafgaand overleg met iemand, verkocht hij de ranch en besloot hij willekeurig te vertrekken.

De dag dat hij zich klaarmaakte om te vliegen, zocht hij zijn trouwe vriend Fred en zei:

'Nou, vleugelloze vogel, hier laat ik je wegrotten tussen deze vallei en die kalkhoudende muren van de Colorado.' Ik ga de wereld runnen en plezier geven aan de vinger. Ik hoop dat als ik terugkom, als ik terugkom, je vuisten niet vereelt zijn omdat je ze niet meer gebruikt.

Fred zwoer boos:

'Maak er geen grappen over, verdomd je figuur! Jij maakt er misbruik van om lol te maken, omdat jij geld hebt om die luxe te betalen en ik niet. Als ik de dollars had die je in mijn zak hebt, zou je me dat niet vertellen.

Bud schudde hem bij de schouder en schreeuwde:

'Jij vuile coyote! ... Wat zeg jij? Is het alleen het geld dat je hier bindt? Waar heb ik het dan voor? Vermom uw lafheid niet met uitvluchten. Als het waar is wat je zegt, pak je spullen en volg me! Zolang ik een dollar op zak heb, is die van ons allebei.

Fred dwong zichzelf de bestelling niet te herhalen. Hij ging naar huis, pakte zijn bagage, repareerde zijn paard, en die nacht, heimelijk om niet de argwaan te wekken van zijn vader, die als voorman van Bud's ranch bij de nieuwe eigenaren was gebleven, vertrokken ze die nacht naar het westen om Californië binnen te gaan.

Het waren drie prachtige jaren van wild en twistziek leven in Utah, Nevada, Arizona en Californië. De opbrengst van de verkoop van de ranch besteedden ze zonder enige zorg en toerden ze door de moeilijkste delen van het Westen, altijd onder mensen die ruw en lichtvoetig waren, en hoewel ze de leiding hadden over vele glorieuze en triomfantelijke handelingen, meer dan eens ze dienden als een veldexperiment voor de ouderwetse lokale artsen, die nieuwe procedures voor woeste genezingen op hen probeerden, zonder dat de duivel in staat was om dat beroemde paar strijders naar hun domein te nemen die alleen vochten voor het plezier van het vechten en om te houden hun ijdelheid als mannen strak bedreven in het vechten.

Maar op een dag realiseerden ze zich, met veel geleden emoties en een paar gram lood in hun huid, dat het geld opraakte, en omdat ze hun verlangen naar vrijheid en vechtpartijen hadden bevredigd, bestudeerden ze de situatie voor de eerste keer kalm en Ze besloten dat de beste manier was om terug te keren naar het verloren huis.

Bud realiseerde zich niet dat hij geen huis meer had in Grand Canyon. Hij had het in die drie jaar van wild leven verkocht en ondermijnd, en het enige wat hij daar zou vinden waren veel herinneringen, sommige plezierig en sommige pijnlijk, maar niets meer.

In plaats daarvan had Fred zijn vader. Deze was genoodzaakt om de functie te verlaten vanwege een ongeval in een rodeo waarbij zijn voet gewond raakte, maar zijn werkgevers hadden hem een klein pensioen toegekend waar hij nauwelijks van kon leven.

Toen ze de stad binnenkwamen, waren de mensen hen bijna vergeten. Veel cowboys waren nieuw en kenden Bud alleen bij naam; Anderen hadden de heldendaden van de baardeloze Bud uit hun geheugen gewist, nu een geharde man, stoer, meer gebouwd en aantrekkelijker dan toen hij wegging, en niemand schonk aandacht aan de man die terugkeerde met de kroon van de overwinnaar, hoewel deze kroon was dat ik tijdens de reis versleten zou zijn.

Freds vader verwelkomde hen met open armen, vergaf de verloren zoon zijn vlucht en ging na het moment op de hoogte van hun plannen.

'Ik kom om te werken, vader,' zei Fred. Er is niets meer voor mij te zien in het Westen en je hebt mijn hulp nodig. Zoek een ranch voor me en ik zal daar een nuttige en sterke pion zijn.

"Heel goed, misschien kan ik het krijgen." En jij, Bud, welk plan ben je van plan?

'Moge de duivel me meenemen als ik het weet,' zei de ober. Ik ben in een impuls gekomen dat ik niet stopte om te onderzoeken. Nu ... Natuurlijk, zonder geld, heb ik geen andere keuze dan te werken.

"Over wat?

"Wat wordt het in godsnaam? Weet ik iets anders dan het omgaan met vee?

'Ik veronderstel van niet, maar... zou je je niet gedenigreerd voelen als je werkt waar je een echte meester zou moeten zijn?'

"Verdomme de trots van wat je niet kunt hebben! Ik was wat ik was en ik zal zijn wat ik zou moeten zijn. Ik zal proberen een baan als voorman te vinden als ze me die willen geven en ze denken dat ik er goed voor ben en dan... God zal het zeggen.

'Luister naar me, Bud,' onderbrak Freds vader. Zou je je niet gekleineerd voelen als je de positie accepteert die ik heb moeten verlaten in wat was jouw ranch?

"Waarom zou ik me vernederd voelen?

"Omdat het pijnlijk voor je zou zijn om binnen te komen om te worden gestuurd waar je naartoe zou moeten sturen.

"Bah! Ik ben een man van elk moment. Ik deed wat ik deed, overtuigd van de resultaten en het belast me niet. Nu weet ik dat ik niet meer dan een cowboy kan zijn en ik zal het zonder voorbehoud accepteren. Als het op die ranch is, des te beter. Ik heb genegenheid voor hem en die genegenheid zal ervoor zorgen dat ik harder zal werken om hem te verdedigen.

"In dat geval denk ik dat ik het kan repareren, tenzij Lou Big, de huidige eigenaar, er geen bezwaar tegen heeft." Als gevolg van mijn ongeluk heeft hij Rex Milton als voorman aangesteld, omdat hij de oudste arbeider is, maar Rex staat niet op de lijst. Lou zoekt een stoere, gezaghebbende voorman die zijn vak kent en je niet mag minachten.

"Nou, u kunt met meneer Big praten, als u dat nodig acht; maar goed begrepen dat ik de positie niet zal accepteren als uw zoon Fred niet als pion binnenkomt. Ik wil deze verdomde ezel onder mijn controle krijgen, want hij is een nutteloze cowboy die niet tegen een slechte lasso kan en toch een rok en een verpleegster nodig heeft.

Fred bewoog en schreeuwde:

'Hou je mond, verdomde schutter, of ik sla je in elkaar!

"Daar moesten we het over hebben." Niet opscheppen omdat je me vaak hebt geslagen. Ik wil je nu onder mijn bevel hebben, zodat ik de kans heb om je zo vaak te slaan als je ongehoorzaam tegen me bent.

'We zullen ruzie maken met onze vuisten, en ik ben bang dat meneer Big een vervangende voorman zal moeten zoeken voor als je in bed ligt met een gezwollen neus.'

"Nou, ik neem de uitdaging aan." En nu kunt u bewegen zoals u dat wilt.

En ouwe Sanders deed het. Big vond het geen slechte zaak om iemand te hebben die de ranch als voorman uit zijn hoofd kende, en de volgende dag nam hij hem op en gaf hem de baan voor het hele team, waarvan Fred een deel werd.

Bud was duidelijk in de begroeting. Er waren nog een paar mensen die onder hem werkten toen hij de eigenaar was en hij beloofde iedereen als een partner te behandelen, maar eiste een terugkeer zoals hij zou hebben geëist als hij de eigenaar van de hacienda was gebleven.

En dus keerde Bud, na die driejarige odyssee, terug naar het verloren huis, ook al was het nu een geleend huis.

HOOFDSTUK II

BUD LOOPT TE SNEL

Voor Bud was het sterker dan hij had gedacht dat zijn terugkeer naar de ranch. Twee verschillende en onverwachte emoties kwamen in hem samen en veroorzaakten een gevoelsstoornis die lang duurde om te verteren.

De eerste was om zich een heel verleden te herinneren dat de dynamiek van zijn veelbewogen leven uit zijn verbeelding was weggevaagd, en slechts een lichte herinnering achterliet die soms verdween als een onnauwkeurige droom die niet kan worden herinnerd, hoeveel inspanningen er ook worden gedaan.

Die muren vertelden hem over zijn gelukkige jeugd, geschokt door zijn grootvader Kelly, altijd zijn revolver voortslepend alsof hij aan hem vastzat; van zijn overleden moeder, toen hij amper zeven jaar oud was, degene die van hem had gehouden als een opperwezen en degene die ernstige twijfels en diepe zorgen had geleden toen hij wist dat een kruit voor niets op ontploffen stond, en, uiteindelijk, van zijn vader, streng, maar lief en aanhankelijk, hard in de lijn van plicht, zacht wanneer genegenheid overvloeide en ze voelde zich in hem herleven voor de toekomst toen ze hem zag, nu bijna een man, sterk en lang, dapper en levendig, zich bewust van zijn werk en de belofte van een leven van voortzetting van de race.

Toen... herinnerde hij zich de laatste nacht met haar; toen hij stierf door een gril van het lot, lag hij op het witte bed met zijn olijfkleurige gezicht gekleed in een ivoren patina; zijn slappe snorren hangend over zijn bloedeloze lippen en zijn dunne, eeltige handen gekruist over zijn buik, alsof hij de laatste pijn wilde behouden die hem van de wereld had weggenomen voordat hij het recht genoot dat een tijdperk van opperste inspanningen op het werk hem gaf .

Misschien was dit een van de redenen geweest die Bud ertoe hadden aangezet om van de ranch af te komen en de omgeving te ontvluchten waar zoveel was gebeurd en zo weinig dat ermee te maken had. Nu leek hij het te beseffen en voelde hij een verborgen bitterheid omdat hij was teruggekeerd om zich iets te herinneren dat hij zo slecht had begraven, dat het nu weer bovenkwam met meer bitterheid en pijn dan toen ze stierven.

Aan de andere kant vond hij het interieur van de ranch veranderd. Elke eigenaar heeft zijn smaak, en dus verschilde de huidige veel van de vorige, misschien omdat de jaren gewoonten en smaken veranderen, zoals de fysionomie van mensen verandert.

Hij merkte echter iets heel subtiels op aan deze verandering dat hem niet wrokkig maakte, maar eerder vreemd. Hij kon niet precies definiëren wat het was; Maar ze vond het vrolijker, misschien witter, met verfijnde details dan ze ooit eerder had gezien, en deze details, van een vrouwelijke spiritualiteit, brachten haar terug naar de herinnering aan haar moeder, toen ze de wijze en vriendelijke hand was die zorgde voor de kleine decoratie van het huis, in tegenstelling tot de grofheid van de bewoners.

Dit detail verbond hem met die andere nieuwe emotie die hij had ervaren toen hij terugkeerde naar de ranch, en deze emotie was eenentwintig jaar oud, donker, met diepzwarte ogen, fijne en wuivende taille, dapperheid in lopen en overreding en energie in de stem. Haar naam was Nancy en zij was de dochter van de nieuwe eigenaar, Lou Big.

In Buds veelbewogen leven hadden vrouwen geen andere betekenis dan gemakkelijk te vergeten toevallige ongelukken. Niemand had zijn pad met verrukkelijk geweld gekruist, en het waren allemaal kleine bezigheden op zijn rusteloze reizen door het Westen. Als de zeelieden konden opscheppen dat ze "een liefde in elke haven" hadden achtergelaten, zou hij ze kunnen parodiëren door te bevestigen dat hij in elk dorp een paar uur liefdesaffaire had achtergelaten; maar de volgende ochtend hadden de afstand en het stof van de wegen ze uitgewist.

Maar nu, wanneer hij het definitieve anker werpt van het schip van zijn bestaan, geconfronteerd met een enkel panorama dat de indruk van de dingen die hij zag niet kon veranderen of wissen van zijn netvlies, de figuur van Nancy, met haar beschuldigde persoonlijkheid en haar onweerstaanbare aantrekkingskracht . Het was als een straf voor zijn frivoliteit; iets dat hem strafte om in een uur opnieuw te concentreren wat hij in alles had verstrooid voor een toekomstig martelaarschap waarvan God zou weten hoe hij het zou kunnen doorstaan, en deze overweging deed hem spijt dat hij was teruggekeerd en vooral dat hij ermee had ingestemd om opnieuw binnen te gaan dat huis, waar nu werd gezien hoe het kon worden aanschouwd in een exotische spiegel waar de figuren in de tegenovergestelde richting van de werkelijkheid werden geprojecteerd.

Even overwoog hij zijn paard te nemen en zonder meer te vertrekken. Zijn karakter was dat; maar er was in hem een achtergrond van een trotse man die zijn nederlaag niet toegaf zonder een eerder gevecht.

Als hij de eerste heerser van de "Colt" in heel Colorado had willen zijn en hij was daarin geslaagd, waarom zou hij dan niet andere dingen bereiken die net zo of moeilijker waren dan dat?

Geen strijd leveren om lief te hebben, zoals de dood, zou zijn afstand doen van wie hij was, en in plaats van er afstand van te doen, zag hij zichzelf liever op het kerkhof naast het graf van zijn vader, met een boeket bloemen op de plaat en gericht naar de zon. , of naar de wolken.

Aan de andere kant, wie kan er tegen zijn om het te proberen? Niemand, behalve degene die geïnteresseerd was, en ook deze kon verslagen worden. Nancy was vrijgezel en terwijl ze dat was, had ze niets verloren om haar verovering te proberen.

Het is waar dat hij zich had gerealiseerd dat die ijdele Laurence Raft, de vermeende erfgenaam van de ranch "Caja Bonita", een eigendom dat meer traditie in de regio had dan van positieve waarde, maar het was geen obstakel dat Bud veel hinderde. . Hij kon op veel manieren worden uitgeschakeld, hetzij door Nancy's liefde voorgoed te winnen, of door haar gezicht met vuisten te misvormen, of door een paar schoten tussen de twee wenkbrauwen te plaatsen om hem uit het idee te halen om met het meisje te trouwen. mooie ranchera.

En aangezien Bud een man was die was geboren om te vechten en wat hij het minst leuk vond inactiviteit was, besloot hij te blijven en al zijn energie aan twee dingen te besteden: het vertrouwen en de achting van zijn werkgever verdienen, hem laten zien dat hij de ideale man was om te worden. . de haciënda in een min of meer verre toekomst te leiden, en om Nancy verliefd te laten worden, die uiteindelijk degene was die in deze zaak het laatste woord zou hebben.

En aangezien Bud alles wilde toen hij het voorstelde, begon zijn gevangennemingswerk op dezelfde dag dat hij zijn situatie grondig bestudeerde en voorstelde om de dagen in dubbele versnelling uit te voeren.

Al snel zag de oude Big dat de aanwinst die hij had gedaan om Bud als voorman toe te laten, geen mythe was geweest. De jonge man deed niet alleen wonderen in de weilanden en rodeo's met het vee, maar bood ook in zijn vrije uren aan om hem te helpen de boeken te dragen, hem advies te geven over de markten die hij heel goed kende en over de verkoop van de hatajos, en dit Zijn werk had een beloning: Big vertrouwde hem volledig en verbeterde niet alleen zijn salaris, maar gaf hem ook de status van een man in de privacy van zijn huis in plaats van een loontrekkende werknemer van hetzelfde.

Als de omstandigheden het toelieten, wijdde Bud zijn aandacht aan Nancy; soms was het door haar echte bergen landbloemen te brengen, waar ze erg van hield; anderen hielpen haar om de oneindige potten te maken die ze op de reling van de bovenste galerij had geïnstalleerd; sommigen leerden haar rijkunsten die het meisje niet kende, en dit alles altijd vergezeld van hun meest verfijnde glimlachen, zeer respectvolle zinnen en elegante en ingetogen gebaren.

Dit rekruteringswerk had hem ertoe gebracht enigszins afstand te nemen van het gezelschap van zijn onafscheidelijke Fred. Vele zaterdagen gaf ze het op om naar het dorp te gaan om plezier te hebben zoals het team deed, waarbij ze verschillende voorwendselen opeiste, en soms was het omdat ze juffrouw Nancy had beloofd haar te vergezellen om honing uit de kammen te stelen; anderen, omdat ze de snelheid van een nieuwe jackfruit gingen testen en anderen ... zonder specifieke uitleg te geven. Op een dag berispte Fred hem verveeld:

"Hé, jij kleine jaarling, wat vind je van mijn lichaamsbouw?"

"Pfff! Niet slecht. Ik ken ze wat lelijker.

'Denkt u dat als ik mijn teint zou verven en een paar mooie rokken zou aantrekken, ik ervoor zou zorgen dat u me wat meer aandacht schenkt?

'Waar komt die vraag in godsnaam vandaan?

'Omdat je geen tijd of ogen meer hebt, behalve juffrouw Nancy en de rest telt voor jou in de wereld niet meer.'

Bud probeerde zijn blos te bedwingen bij de ontdekking van zijn vriend en schreeuwde:

'Doe niet zo gek, Fred! Je verwart dapperheid met de hoorns van de jaarlingen.

'En een met zes jaar om je van me af te keren! voegde Fred er kwaadaardig aan toe. Je hersenen worden opgeslokt door die knop en je krijgt de grootste teleurstelling van je leven. Je bent te hoog voor je maat.

"Omdat? brulde Bud, buiten zichzelf.

'Omdat vader noch dochter jou ooit als haar man zullen willen hebben.' Er zijn knapper en met meer geld.

Bud kwam onstuimig naar zijn vriend toe en schudde hem heen en weer en riep:

'Herhaal dat en ik sla je in je gezicht!

'Nou, het wordt herhaald, en probeer nu te zien of je je dreigement kunt uitvoeren.

Bud deed een uitval naar Fred en stuurde hem een direct schot dat zijn kaak zou openen als hij hem volledig ving, en Fred snauwde terug en drukte er een op zijn borst die hem brullend als een tijger terug deed.

Lange tijd debatteerde hij woedend over het zinloos op het gezicht van zijn vriend slaan, in ruil daarvoor ontving hij verschillende liefkozingen van hem die hij met woede paste, totdat hij besefte dat als hij volhardde, hij zijn gezicht zou misvormen, waardoor hij glimlach. tegen Nancy gaf hij het op met te zeggen:

"Het is in orde. Ik ben niet in vorm vandaag. Een andere dag zal zijn.

"Nee, als je in vorm bent, wat er met je gebeurt, is dat je niet wilt dat ze naar je gezicht wijst en dat ze lacht als ze weet hoeveel klappen ik je heb gegeven." Ja, ik zal je goed kennen!

Bud, knarsetandend, bekende:

"Het is in orde. Je hebt gelijk. Maar op een dag zal ik betaald worden. Trouwens, jij bent degene die het minste recht heeft om me voor de gek te houden.

'Wie lacht je uit, stuk stront? Wat ik doe is je waarschuwen voor wat er met je kan gebeuren.

""Omdat? Ben ik niet net zo'n man als ieder ander?

'Maar een man heeft alleen een slecht tarief.' Neem in plaats daarvan bijvoorbeeld Laurence Raft; Het heeft meer waarde.

"Wat stelt u voor? Boem brulde. Wat voor hem zoeken en twee kogels in zijn mond stoppen om die stomme glimlach die hij heeft te verzuren?

"God behoed je ervoor om het te doen." Dan zou ze je kwalijk nemen en zou de ingeslagen weg nutteloos zijn.

Bud werd geplaagd door de pessimistische opmerkingen van zijn vriend. Ze had in geen enkel aspect van het leven aan een man grond gegeven en ze zou Laurence nu ook geen grond geven, juist op het meest vitale probleem dat zich in haar hart had voorgedaan.

Bud dacht na over de situatie en geloofde dat hij zijn weg had gevonden in de liefde van de jonge vrouw. Nancy was blij met hem en zocht zijn gezelschap met een zekere interesse, die niet onopgemerkt bleef.

Bij meer dan een gelegenheid had hij de trotse boer uitgesteld omdat hij een of andere bevlieging had gedaan in samenwerking met Bud, die hij herkende als virieler, agressiever en fijner in zijn omgang, en deze details vleiden Bud niet alleen, maar gaven hem ook illusies voor de toekomst.

Maar afgezien van deze warme momenten van sentimentaliteit en sereniteit, was de jonge man nog steeds de onstuimige en vreselijke man die hij altijd was geweest.

In het team waren elementen die na hun mars de Grand Canyon waren binnengekomen en een van hen, een Californische groot en sterk als eik, die pochte een stoere en twistzieke man te zijn en die al talloze gevechten in de stad had veroorzaakt.

Scott, die de peon werd genoemd, onderscheidde zich meer door zijn provocerende karakter dan door zijn liefde voor het werk, en Bud, die geen onbeschoftheid toegaf waar hij was, nam hem bij de zakdoek die hij om zijn nek droeg, ter gelegenheid van verraste hem terwijl hij door de weiden dwaalde, en zei, zonder van streek te raken:

'Scott, ik heb je al een paar keer verteld dat je hier alleen komt om te werken.' Om het landschap te aanschouwen, ga je naar de Grand Canyon, die ze prachtig heeft, en je steelt niet ongestraft het geld van mensen.

Scott vond de berisping te sterk, vooral in het bijzijn van zijn teamgenoten, en, zichzelf aanmoedigend, antwoordde:

'Hé, Bud, ik vind dat je veel opschept en ik ben geen man die dreigementen van wie dan ook tolereert.'

Bud verwaardigde zich niet te antwoorden; Hij pakte hem met zijn rechterhand bij zijn middel, zonder de linkerzakdoek los te laten, hief hem in de lucht en lanceerde hem met een prachtig salvo de ruimte in om de onverwachte vliegreis met het hoofd voorover in een van de vijvers te beëindigen waar hij het vee drenkte. .

Een koor van luid gelach verwelkomde de prestatie, en toen de vernederde pioen, druipend en vol slib, erin slaagde het vasteland op te komen, benaderde hij hem en zei:

'En nu ga ik hem met mijn vuisten droger maken dan esparto in de zon.

Hij wist de lessen die hij van Fred had gekregen wonderwel toe te passen op het gezicht en lichaam van de arbeider, die hij tien minuten later in de armen van zijn metgezellen achterliet, zodat ze de moeilijke taak konden proberen hem duidelijk te maken dat hij nog steeds in de wereld van de levenden.

De prestatie werd gadegeslagen door Big, zijn dochter en Laurence Raft, die die ochtend met de vader en dochter naar het dorp waren gegaan. Big, een liefhebber van discipline en dol op zijn onbeschofte voorman, maakte niet de indruk die de gebeurtenis op hem had gewekt; Nancy was nogal ontroerd door de agressiviteit en dapperheid van de onstuimige voorman, en Laurence, die pochte een stoere man te zijn en er graag op scheen, keek van de top van het paard naar Bud, die vreselijk geïrriteerd was toen hij hem ontdekte in de buurt van de jonge vrouw. , en merkte minachtend op:

'Als je de voorman van mijn ranch was geweest, had je mijn pioenen niet zo laten behandelen.' De weiden zijn geen speelhol waar gevechten gerechtvaardigd zijn.

Bud bewoog zich boos en schreeuwde:

'Hé, Laurence, waarom ga je niet in op de dingen die je aangaan en laat je de dingen die je niet interesseren achterwege?' Als je dol bent op vechten in de gokholen, ben ik dat niet; maar ik moet het doen waar ik een man vind die me irriteert, en jij irriteert me al heel lang.

Laurence, die zichzelf zo uitgedaagd zag in het bijzijn van het meisje, vond dat hij in haar aanwezigheid moest opscheppen door dat minderwaardige wezen te straffen, dat hij ook haatte omdat hij zo onderdanig was aan Nancy, en met een onstuimige sprong maakte hij zich los van het paard , proberend op Bud te vallen. om je in de herfst te verrassen; maar die, die op de aanval wachtte, strekte zijn armen uit, ving hem op in de val, en voordat hij zich kon omdraaien, had hij hem naar het zwembad gestuurd, zoals hij Scott had gestuurd.

De houding die ze moet hebben aangenomen toen ze viel, was ongetwijfeld zo extravagant dat Nancy, ondanks de dramatiek van de situatie, een luide lach niet kon inhouden die trilde als een zilveren bel.

Bud was innig gevleid om haar te horen lachen, en toen hij de vijver naderde, wachtte hij tot Raft uit de modder zou ontsnappen en toen hij dat deed, keek hij hem aan en zei:

"En nu ben ik klaar om u alle uitleg te geven die u wilt en op het gebied van uw keuze."

Groot, bang, kwam tussenbeide om te zeggen:

'Hou op, Bud! Je hebt je acties overschreden. Mr Raft is onze gast en ik kan zo'n behandeling niet tolereren.

"Ik kan ook niet tolereren dat iemand buiten de ranch mijn methodes censureert om de mooie kinderen te houden die betaald worden, niet werken en me bedreigen." Ik denk niet dat je me daarvoor betaalt.

"Natuurlijk niet. Hoe dan ook, ik smeek jullie allemaal om dit onaangename incident als vanzelfsprekend te beschouwen. Kom op, Raft, alsjeblieft. Boven op de ranch kun je je omkleden.

Vlot, door opeengeklemde tanden, mompelde:

'Op een dag lossen we dit wel op, Bud.' Ik ben geen man die rekeningen onbetaald laat.

'Ik zal het je als opbrengst betalen als ik het ophaal,' zei Bud eenvoudig.

De situatie die door deze incidenten werd gecreëerd, maakte Big een beetje bang. Haar voorman was een ideale man, maar zijn karakter dreigde ernstige conflicten voor haar te veroorzaken, vooral door te bemiddelen wat nu tussen hem en Raft bemiddelde. Dagen later, toen de zaterdag aanbrak, wilde Bud de ranch niet verlaten, en op zondag trok hij, alleen en verveeld in de schuur, zijn oude Mexicaanse gitaar die hij al lang niet meer had getekend, en zittend op een bank in de terras, wijdde hij zich eraan om erop te drukken, terwijl hij oude Spaanse luchtliedjes zong, die hij had geleerd tijdens zijn zwerftochten door het westen.

Bud had een uitstekende baritonstem en veel smaak en gevoel bij het zingen, en dus, die dag gedomineerd door een melancholie waarvan hij niet kon begrijpen waar die vandaan kwam, wijdde hij zich aan het improviseren van liedjes over oude Spaanse muziekthema's, die altijd gericht op het zingen van een lied. stille en onmogelijke liefde.

Op een keer sloeg ze haar ogen op naar de reling waar Nancy altijd voorover leunde om naar de zonsondergang te kijken, en met samengeknepen ogen zong ze:

 Ik heb brandende distels

In mijn hart;

je ogen hebben ze gevangen

gemeen en zonder mededogen.

En hoewel op het einde, in mijn borst

blijft alleen,

Ik smeek je om me te knuffelen

met de schittering van je ogen.

Rancherita! ... Rancherita!

 Kijk naar mij uit mededogen

totdat er niets meer over is

van mijn arme hart! ...

De laatste strofe stierf in zijn keel in een opgewonden tremolo, en toen hij het het minst verwachtte, riep Nancy's frisse en harmonieuze stem, een beetje te opgewonden, vanaf de reling:

'Heel mooi couplet, meneer Raines! Ik kende je niet zo sentimenteel en met zo'n mooie stem!

Bud, als een schooljongen gevangen in het donker, bloosde tot het wit van zijn ogen toen hij verrast werd door die intieme daad van zijn verborgen gevoelens, en stamelde:

"Oh, excuseer me, ik wist niet dat je daar was!"

"En dat heeft ermee te maken? Ik hield echt van zijn liedjes. Je speelt heel goed gitaar en zingt beter.

'Heel erg bedankt, juffrouw Nancy.' Ik kweek het weinig. Soms, als ik een beetje verdrietig ben, kom ik...

Ze maakte zich los van de reling en ging naar de patio die baadde in een weerspiegeling van de maan die de weelderige wijnstok die de veranda omringde zilver schilderde.

Nancy was wonderbaarlijk mooi, in een gebloemd gewaad, haar haar naar beneden en de witte en omgeslagen halslijn benadrukt door het blauw van de stof. Bud viel bijna flauw toen hij haar naar hem toe zag komen in die gedaante en dat sentimentele moment in zijn leven.

Nancy liep naar hem toe en reikte met haar ebbenhouten arm de gitaar aan, die Bud haar met beven van angst overhandigde. Het meisje liet haar linkervoet op de stenen bank rusten, haar mooie been ontbloot, legde de gitaar op haar schoot en nadat ze de snaren had gecontroleerd, tokkelde ze een Mexicaans lied met grote gratie en stijl.

Ten slotte zong hij met gedempte stem, maar met een timbre dat een compliment en een aanmoediging was:

 Manito, wanhoop niet,

dat liefde een ster is;

degene die haar wil bereiken

het zal omhoog gaan.

 Toen bood hij Bud de gitaar aan en zei:

'Op een dag zal ik je moeten vragen voor me te zingen.'

Hij, gestimuleerd door het couplet, in de overtuiging dat het een verborgen belofte was, benaderde haar met zachte stem:

'Geloof je in de zin van dat couplet?

Ze staarde hem aan in de zilverachtige duisternis die hem omhulde, en haar ogen vlamden als twee kolen die in goud waren gebrand.

"Waarom niet? Hij antwoorde. Alle verzen hebben een betekenis in het leven.

"Ja, zoals alle dingen hebben ze de neiging om een moeilijke barrière te hebben om over te springen. Wie kan een ster bereiken?

"Wie er de wil, vastberadenheid en geest voor heeft." Je kunt met je gedachten en je ziel in de hemel komen. Er zijn dingen die niet tastbaar zijn voor de hand, maar voor de geest.

'En vlees telt niet? We zijn mensen en we debatteren op aarde. Alles wat er niet uit voortkomt en ons lichamelijk kan bevredigen, kalmeert onze zorgen niet.

"Dan moet je ophouden te wensen dat de sterren verlangen naar iets meer alledaags in het leven."

"Omdat? Is het prozaïsch te verlangen naar de liefde van een vrouw?

"Zijn liefde, nee." Je liefde kan zijn als een zuivere en stralende ster; maar er zijn mensen die blind zijn en stoppen met het zien van de ster om alleen de envelop te zien.

'Dat wordt overgelaten aan onbeschofte geesten.' Ik ben tot op zekere hoogte een ruwe en gewelddadige man. Ik heb moeten vechten tegen het materialisme van het leven, omdat het leven hier grofheid en geweld oplegt; maar juist in tegenstelling daarmee heb ik altijd verlangd naar de spiritualiteit van iets dat dient als een toevluchtsoord voor de verharde ziel en dat toevluchtsoord kan alleen worden gevonden in een vrouw.

"Hoevelen heb je gevonden die het je hebben aangeboden en het hebben veracht?

"Geen. Veel vrouwen marcheerden op mijn pad. Allen hadden het slijk de zuivere wateren van hun ziel laten overnemen. De mijne kon niet in een vijver baden toen ze uit haar eigen vijver probeerde te komen.

'Troost jezelf dan.' Op een dag zul je het vinden.

"Wat als ik het heb gevonden en er staat een muur voor die me verhindert om het te bereiken?

Nancy keek hem even vreemd aan en antwoordde:

"Ben jij geen dappere en riskante man, voor wie er geen obstakels zijn? Nou, sla het over.

Bud voelde in hem alsof er een mes in hem was gestoken, waardoor zijn hete, vurige bloed werd aangespoord. Hij keek even naar Nancy, die mooi, verleidelijk, provocerend voor hem stond en, niet in staat het momentum te bedwingen dat hem naar voren dreef, wierp hij zich op haar, greep haar bij haar middel en zocht in een koortsachtige beweging haar mond te stampen. in haar een kus die was als de totale overgave van haar ziel die zichzelf verteerde met liefde. Nancy begon instinctief achteruit te bewegen, alsof ze de verontwaardiging probeerde te ontwijken; maar hij kon niet en zijn rode en warme lippen voelden het verslindende vuur van die kus.

Plots brak een harde en harde stem de charme van het sublieme moment en zei boos:

"Jij schurk! ... Je gaat me vertellen over de verontwaardiging die je hebt begaan met Miss Big!

Bud liet abrupt de jonge vrouw los, die achteruitdeinsde door de dreigende stem, en stond oog in oog met Laurence, die met zijn hand op de kolf van de revolver naar hem stak met zijn ogen, waarin hij vlamde. de vlam van de meest geconcentreerde haat.

Knop verstijfde. Hij had zijn riem afgedaan en had geen wapen bij zich.

Hij spande zijn spieren en antwoordde:

'Hoe wil je dat ik op je uitdaging reageer als jij wapens hebt en ik niet?

'Natuurlijk was het niet juist om een vrouw te beledigen; om tegen een man te vechten is het beter om ze niet te dragen en zo wordt angst beter verborgen.

Bud trilde van woede toen hij die zinnen hoorde. Geen enkele man had zichzelf ooit toegestaan zo'n belediging en nog veel meer te uiten voor een vrouw als degene die voor hem alles was in het leven.

Onverschrokken vooruitlopend, antwoordde hij:

"Schieten! Schiet nu en dood me laf als je dat bedoelt, of laat me vechten met je eigen wapens! Ik heb de revolver in de schuur.

Laurence, die geen lafaard was, ook al was hij een dwaas, gespte zijn riem los, gooide hem in een hoek en zei:

"Ik ben geen moordenaar." Ik ben nobeler dan jij, want ik maak een vrouw niet boos en vecht niet van aangezicht tot aangezicht tegen mannen. Je gooide me laatst verraderlijk in de vijver. Eens kijken of hij me nu, zonder voordelen, kan verslaan zoals toen.

Bud zag de hemel opengaan met dat offer. Hij haatte Laurence, maar had geen andere keuze dan zijn eerlijkheid te bewonderen en hem nobel te bestrijden.

'Dank je,' zei hij. Anders had ik hem vermoord. Hieruit zal ik genoegen nemen met het toepassen van een zware straf. Ze hielden allebei de wacht en bestudeerden elkaar, klaar om ruw en tot het uiterste te vechten. Ze staarden naar de vrouw die alles was in hun leven, en hoewel ze niet wisten door wie er beslist zou worden, waren ze bereid alles te doen wat ze konden om de balans in hun voordeel te laten doorslaan.

Laurence was groter en zwaarder dan Bud, maar Bud bezat een enorme behendigheid, een hoog ontwikkelde taaiheid en een woede die die van zijn vijand overtrof.

Het was Laurence, de meest boze en nerveuze, die de aanval begon, en Bud realiseerde zich al snel dat hij geen verachtelijke vijand was. Hij kende veel boksregels en het was geen gemakkelijke taak om hem te verrassen.

Maar hij had ook veel geleerd van Fred, die hem, ten koste van hem te dwingen zeer harde klappen te geven, hem trucjes en regels had geleerd die hij niet kon vergeten, en dus, de harde aanval van zijn rivaal ontwijkend, draaide hij zich snel om hem om hem te vermoeien en om de hardheid van zijn slagen met vermoeidheid af te breken.

Laurence was de eerste die de hardheid van zijn vuist liet voelen. Met een blik streelde hij Buds voorhoofd, die dacht dat hij door een stuk steen was geraakt, maar hij kon de volle zwaai ontwijken en met die halve streling ontsnappen.

Al snel zag hij dat Laurence van een afstand een verschrikkelijke tegenstander was, wiens bewaker moeilijk te doorbreken was. Altijd met zijn armen op gezichtshoogte, bedekte hij zijn kin en van tijd tot tijd strekte hij, als een veer, zijn rechterarm uit, op zoek naar het gezicht van zijn vijand, die slagen moest vermijden met een hard spel van middel of met katachtige springt, zonder zijn tegenstander aan te kunnen raken.

Dit maakte hem woedend. Hij herinnerde zich Fred's tactiek en herinnerde zich dat hij hem alleen kon breken met korte gevechten en in het gebied van zijn vijand komen.

Hij stelde zich bloot aan een harde klap, sprong op en viel in Laurence's bewaker en raakte hem in de lever.

De rancher, hoewel hij wilde vluchten, slaagde daar niet in, want Bud klampte zich aan hem vast als een limpet op steen, en toen werd hij gedwongen het gevecht op de grond te accepteren dat werd aangeboden, op zoek naar een manier om zijn tegenstander te vernietigen.

Maar hij had lever en hart harde klappen uitgedeeld die Laurence' kracht braken, en nu was de strijd gelijk, want de boer, die de klappen beschuldigde, hijgde als een stier na een lange run.

Toen ze uit elkaar gingen, kreeg Bud een blauw oog van een korte haak die naar hem werd gegooid, maar Laurence sloeg dubbel van de pijn en bedekte zichzelf met moeite.

Heet en verblind door de klappen die ze kregen, stortten ze zich volledig in een opperste wens om zichzelf snel te elimineren, en nu waren ze alleen voorzichtig om te proberen de laatste klappen uit te delen in plaats van zichzelf te bedekken om ze te ontvangen.

Bud bloedde uit één oor en had een blauw oog; Laurence had een gespleten wenkbrauw en gezwollen lippen, maar geen van beiden gaf op en de twee verdubbelden hun inspanningen op zoek naar het einde van het gevecht.

Laurence, die zich zwak voelde, zocht de genadeslag naar de kin van zijn vijand en strekte zijn arm op een vernietigende manier uit om zijn gezicht te zoeken; Maar Bud kon op tijd ontwijken en de arm van de rancher zweefde over zijn schouder, waardoor hij naar voren moest leunen, bijna op Buds borst leunend. Hij verwierp hem met zijn linkerhand, en met zijn rechterhand verpletterde hij zijn gezicht en wierp hem achterover alsof hij door een storm werd gedreven.

Als een levenloze massa viel het achterover en stortte zich voorover op de harde stenen van de patio, en daar lag het zonder tekenen van leven.

Hijgend kwam Bud overeind en, nadat hij zijn hand over zijn gezicht had gehaald om het bloed weg te vegen dat hem verblindde, probeerde hij te glimlachen en wendde hij zijn ogen naar de veranda waar Nancy zich had teruggetrokken, sprakeloos van opwinding van het vreselijke gevecht dat ze zojuist had gevochten . getuige; maar toen hij op het punt stond een vriendelijke glimlach naar haar toe te brengen, was de glimlach bevroren op zijn lippen.

Op de trap van de veranda stond Big, gevouwen en koud en bevelend, die langzaam de ladder afdaalde, naar Bud toeging en ijskoud zei:

'Dit is ondraaglijk, meneer Raines.' Ik waarschuwde u onlangs dat ik niet bereid was om mijn gasten op deze manier in mijn eigen huis te laten behandelen, en u hebt het aangedurfd om de actie opnieuw te herhalen. Wat heb je in je voordeel te argumenteren?

Bud wierp een gekwelde blik op Nancy, die als een standbeeld van ijs tegen de muur stond geleund, en haar ogen neergeslagen antwoordde onderdanig:

'Niets, meneer Big.' Je hebt gelijk en het is mijn plicht om je aan je beslissingen te houden. De redenen die hij kon noemen zijn zo persoonlijk dat hij ze aan niemand ter wereld zou onthullen.

Hij draaide zich om om te gaan en toen hij de gitaar ontdekte die tegen de muur leunde, pakte hij hem; Hij staarde er even naar, sloeg hem toen tegen de bank en verdween in de schuur.

HOOFDSTUK III

BIG MAAKT EEN VAL

Meneer Big keek verbaasd naar zijn dochter, die haar schouders ophaalde en zonder een woord te zeggen over de veranda verdween, en Big, verbluft, iets vreemds vermoedend in die houding en in dat duel, riep de kok, die haastig kwam .

"John. Hij zei: "Help me deze man naar het bassin te brengen om hem af te koelen." Zoek dan het medicijnkastje voor me. Tussen hen in dompelden ze hem meer dan een half uur onder in het koude water, totdat Laurence eindelijk tekenen van leven begon te vertonen.

Big gaf toen bevel hem over te brengen naar een van de ranchkamers en nam de EHBO-doos die John hem gaf, waste de wonden, bracht jodiumkompressen aan en verbande hem zo goed als hij kon, totdat hij een beetje toonbaar was .

Toen hij niet wist wat hij anders voor hem moest doen, liet hij hem in een zware slaperigheid achter en verhuisde naar zijn kantoor, waar hij zijn dochter liet komen.

Dit, in de veronderstelling dat een van de meest beslissende momenten van haar leven voor haar was gekomen, kwam met opeengeklemde tanden en afgeleide ogen. Zijn gedachte was veel verder weg dan zijn lichaam van die nauwe omheining.

Big, die dol was op zijn dochter en voor haar de grootste offers zou hebben gebracht, wees op een stoel voor hem en vroeg toen:

'Eens kijken, Nancy, jij die getuige was van het gevecht, vertel me wat je hebt gehoorzaamd.'

Na een korte aarzeling antwoordde ze met vaste stem:

"Papa: een man heeft je verteld dat zijn redenen zo persoonlijk waren dat hij ze aan niemand ter wereld zou onthullen. Waarom zou ik degene zijn die die gevoelens verraadt?

'Ik geef niets om dat opschepperige soort.' Mensen vechten niet voor het plezier om voor een vrouw te vechten, vooral niet wanneer die vrouw een zeer hechte vriendschap heeft met een van de deelnemers.

"Natuurlijk niet; maar dat zijn zijn dingen. Als Laurence er anders over denkt, laat hem dan degene zijn die het je vertelt.

"Je gaat achteruit? Vertrouw je me niet genoeg om het me te vertellen?

"Ja; maar het gaat om twee mannen. Laat ze spreken als ze het relevant vinden. Ik, van mijn kant, keur de houding van uw voorman goed.

Hij liep naar het meisje toe, legde zijn hand op haar schouder en vroeg liefdevol:

"Was het door jou?

"Zou je het niet leuk vinden?

"Ik weet het niet. Ik denk het wel, want geen van beiden heeft me gewoon gevuld.

'Je zegt toch niet dat Bud een geweldige man is?'

'Als voorman, ja.' Als iets anders, nee. Hij heeft geen dollar, hij is zo'n impulsieve en twistzieke man dat hij je zou kunnen behandelen als vee of als mannen die niet aardig voor hem zijn; en wat Laurence betreft, hij is geen slecht spel, hij heeft een goed type, hij is relatief rijk, maar hij is een dwaas en ik denk niet dat hij veel te verbergen heeft in zijn hoofd.

'Ik vraag me af of hetzelfde in zijn hart gebeurt,' antwoordde ze met een vaagheid waarvan Big de betekenis niet kon ontcijferen.

'Blijf je volharden in het verbergen van wat er met mij is gebeurd?

'Ik heb je al gezegd dat het van hen is.' Als Laurence denkt dat hij het aan jou moet onthullen, laat hem dat dan doen.

"Goed. Dat betekent niet dat ik vermoed dat jij de oorzaak van de ruzie bent geweest.

"Verdenk wat je wilt, pap;" Maar zolang je het niet zeker weet, laat de klokken niet luiden.

En terwijl hij zich omdraaide, verliet hij het kantoor en liet zijn vader in een zee van verwarring achter.

De volgende ochtend, toen Laurence in staat was om de realiteit te beseffen, kwam de boer naar de ranch om te informeren naar zijn toestand, en Laurence, vloekend als een cowboy, riep uit:

'Hartelijk dank voor uw belangstelling, meneer, maar ik vermoed dat u niet goed hebt nagedacht, dat ik me weer een pak slaag heb laten geven door die verdomde voorman, de duivel die het verwart.' Hij heeft stalen vuisten en bracht me achteloos ten val. Hoe dan ook, ik troost mezelf omdat ik weet dat ik hem ook de zijne heb gegeven.

'Het was zo, lieverd, maar... wil je me vertellen waar het gevecht over ging?'

Laurence staarde hem even verbaasd aan en antwoordde toen:

'Heb je het hem gevraagd?

'Ja, maar je weigerde het me te vertellen.'

Laurence, onstuimig, zei zonder zijn woorden te meten:

'Natuurlijk zou hij weigeren! Wat hij deed is niet gedaan door eerlijke mannen en daarom hield hij het voor zichzelf; maar ik heb er geen probleem mee om het hem te vertellen. Ik betrapte hem erop dat hij juffrouw Nancy kuste en voelde me gedwongen om haar te verdedigen.

Big verstijfde bij de verklaring van de boer. Zo ja, waarom was Nancy dan niet net zo verontwaardigd als hij, en waarom had ze het hem niet geopenbaard door verontwaardigd te eisen dat hij onmiddellijk van de ranch zou worden gegooid?

Big raadde veel dingen in een oogwenk. Hij begreep de waardige houding van Bud die de verantwoordelijkheid op zich nam voor het gevecht zonder de oorzaken te ontdekken, om Nancy niet in twijfel te trekken; Hij vermoedde dat ze niet erg beledigd was door de liefdevolle behandeling die ze van hem had gekregen en voelde een zekere afkeer van Laurence, wetende dat hij zo ijdel was dat hij de mogelijkheid niet toegaf dat een andere man meer invloed op zijn dochter zou kunnen hebben dan hij. en op minachtende toon vraag ik:

'Ben je gestopt om te informeren of mijn dochter het leuk vond dat je je met haar persoonlijke zaken bemoeide?

Laurence, alsof ze in een onbegrijpelijke taal werd gesproken, keek de boer met grote ogen aan en riep uit:

'Maar meneer Big... kunt u aannemen dat uw dochter...'

"Ik veronderstel niets." Ik zal mij beperken tot het vragen of u van haar toestemming hebt gekregen om uw rechtsgebied te verdedigen.

"Natuurlijk niet! Ik ging er eerlijk gezegd vanuit dat...

'Ik denk dat u een betreurenswaardige fout heeft gemaakt, meneer Raft, en dat u de zaak hebt verergerd door de oorsprong van het gevecht te onthullen.' Noch Bud wilde het me vertellen, en mijn dochter ook niet. Als dat je niets zegt...

Laurence, ontroostbaar, stond moeizaam op uit zijn bed en riep uit:

"Oh God! ... Is het mogelijk dat ...?

"Niets is mogelijk en alles is mogelijk." Ik denk dat je erg gebroken bent van dat pak slaag dat voorkomen had kunnen worden door je niet in te laten met een zaak waarvoor niemand je toestemming had gegeven en ik denk dat het het beste is dat je jezelf toewijdt om rustig voor jezelf te zorgen. Ik ga bestellen dat het optreden wordt aangesloten om hem naar zijn ranch over te brengen, en ik hoop dat het niets ernstigs is.

Laurence stond op het punt te antwoorden, maar de emotie was zo groot dat hij zwaar ademend achterover op het kussen viel.

Big verliet de kamer en ging naar zijn kantoor en belde zijn dochter. Deze, geïntrigeerd, reageerde op de oproep. Big, die er kalm uitzag, zei:

'Ik ben net gekomen om Laurence te zien.' Hij is nu beter en kan naar zijn ranch worden overgebracht.

"Ik ben er blij om. Ik denk dat een slechte tijd kan worden vermeden.

'Dat heb ik je ook verteld,' zei de boer eenvoudig.

Nancy keek hem een ogenblik intens aan en sloeg toen haar ogen neer, een beetje rood, zonder een woord te durven zeggen.

Groot, opgewonden, liep naar haar toe en vroeg:

'Wat heb je me nu te vertellen?

"Niets dan één ding." Dat hij zo weinig te verbergen heeft in zijn hoofd als in zijn hart.

"We zijn het eens; maar dat neemt niet weg dat de situatie enigszins dubbelzinnig is. Nu is er niets te verbergen, Nancy, en daarom heb jij het woord.

"Bedankt pap; maar ik weet echt niet wat ik moet zeggen...

"Ik denk niet dat het veel is." Hij kuste je...

"Ik ontken het niet...

'Wat heb je gedaan om het te stoppen?

"Niets. Ik had geen tijd.

"later?

"Ik had geen tijd om erover na te denken." Laurence kwam zo plotseling tussenbeide dat ik niet kon nadenken.

"Goed, maar nu...

"Ik denk dat het te laat is." Vind je niet?

"Ik denk dat jij degene bent die het niet leuk vindt." Hou je echt van hem?

'Je stelt me een moeilijke vraag, pap.' Hij is een man van wie ik altijd heb gehouden. Hij heeft zich nobel en hoffelijk gedragen, hij heeft me met elegantie en onderscheiding behandeld, hij heeft geprobeerd om mijn leven op vele momenten aangenaam te maken en ik heb hem niets te verwijten.

'Laat de zaak los, mijn dochter.' Het moment...

"Nou, het moment is erg verwarrend." Er is iets in zijn voordeel: hij is meer heer en discreter geweest dan Laurence. Hij zal toestaan dat hij van de ranch wordt ontslagen zonder iets in zijn voordeel te beweren. Zelfs niet dat ik de onvrijwillige oorzaak van zijn excessen was. Hij zong zijn melancholie op het ritme van de gitaar en ik ging als de kwartel naar de claim. Wij chatten. Hij zinspeelde op een onmogelijke liefde, misschien zou ik hem een voet aan de grond geven voor zijn actie. Het kwaad is al geschied.

"Nog niet. Er blijven twee oplossingen over. Of je vindt hem leuk, en de zaak is geformaliseerd, of ik moet hem onmiddellijk ontslaan.

"Is de reden zo ernstig dat je jezelf zo'n nuttig element ontneemt?

'De reden, nee, want je klaagt niet; wat er daarna kan gebeuren, ja.

"Wat kan gebeuren?

'Laat hem de actie herhalen.' Ik zou het in plaats daarvan doen. Een kus heeft maar twee oplossingen: een klap of nog een kus. Afgezien daarvan heb ik het gevoel dat de zaak met Laurence niet zo zal blijven. Raft is taai en als hij weet dat hij verslagen is, zal hij proberen de belediging op te eisen. Vandaag was het met vuisten, maar morgen zou het met schoten kunnen zijn, en als het met schoten is... zal ik de mirtekroon voorbereiden die het graf van Raft siert.

Nancy verbleekte bij de verklaring van haar vader en vroeg opgewonden:

'Welke oplossing vind je, vader?

"Verschillende; maar het hangt allemaal af van wat je beslist.

'Als ik niet kan beslissen! Ik was hierdoor verrast. Ik weet niet of Bud echt verliefd op me is!

'Wat moet je weten om je bij de haren te pakken en je mee te slepen om de herder te zien?

'Niet zo veel, pap.' Aan de andere kant moet ik de zaak bestuderen. Ik vind het leuk, ik beken het; maar ... je zegt dat hij arm is, dat hij gewelddadig is, je bent bang dat zijn behandeling van mij... die van een ordinaire cowboy is. Er zijn veel nadelen van uw kant.

"Naar de hel met wat ik zou kunnen denken, schat!" Jij bent het die jouw geluk bepaalt. Denk er eens over na en uw resolutie hangt af van twee oplossingen die ik heb.

"Vertel het me."

"Als je hem niet mag, ontsla hem, en als je hem leuk vindt...

"Het feit dat?

"Luister naar mij. Ik heb zojuist slecht nieuws ontvangen dat, diep van binnen, goed voor je is. Je oom Ben is dood.

"   Arme oom Ben! riep Nancy uit, oprecht gepijnigd. Hij was erg goed voor me, maar hij had een vreselijk humeur.

'Ja, hij stierf aan een driftbui, vertelt de sheriff van Whitebilis me.' Hij heeft niet kunnen verwerken dat de veedieven een goede punt van het vee "deukten", en daartussen de reuma die hem niet toeliet om te bewegen met de opluchting die hij gewend was en de harde en onhandelbare apparatuur die hij heeft op de ranch, hebben ze bijgedragen aan zijn dood. Uw oom heeft geloofd u een gunst te bewijzen door u de erfgenaam van dat vee na te laten "die de hel opwekt en u aanstelt als de universele erfgenaam van zijn bezittingen; Maar net zoals de ranch goed is en waarvan geprofiteerd kan worden, is het een wespennest dat noch jij, noch enige vrouw, noch veel mannen kunnen regeren. Er is een uitzonderlijke kerel voor nodig die slaapt met de "Colt" in zijn hand en het team om zijn middel legt en de veedieven doodt die hun toevlucht zoeken in de Wilson Mountains,

"En die man is...

"Bud Raines."

"Wat bedoel je daarmee?

"Dat als je hem echt leuk vindt, we hem op de proef kunnen stellen." Je hebt geen dollar; Maar als hij de ranch van ongewenste dingen reinigt en het voorspoedig maakt, heeft hij een vrouw zoals jij verdiend en het recht om welvaart te genieten dat alleen door zijn inspanningen te danken is. Dit is mijn andere oplossing. Denk erover na en beslis.

Nancy stond op, klaar om te gaan.

'Laat me het bestuderen, pap.' Dit is zeer ernstig.

'Veel, maar kom niet te laat.' Ik moet een beslissing nemen met dat wilde veulen en alles wat hem later zal aanmoedigen.

Nancy, toen ze bij de deur kwam, draaide zich om en zei glimlachend:

'Oké, maar terwijl ik het bestudeer... ik denk dat je het hem moet voorstellen, kijken of hij het accepteert.'

En hij vluchtte als een hinde, terwijl zijn vader op een vreemde manier glimlachte.

Bud bracht een van de meest verschrikkelijke nachten van zijn leven door, nadenkend over zijn situatie.

Hij was niet bang om van de ranch te worden ontslagen, hij nam aan dat dit de enige haalbare maatregel was die Big met hem kon nemen na het misdrijf dat hij zijn dochter had aangedaan; maar het bezorgde hem de meest intense angst om te denken dat hij te ver was gegaan in zijn impulsen en dat hij nu alle mogelijkheden had verloren om haar liefde nobel te overwinnen.

Soms voelde hij, gekweld door schaamte, de neiging om op te staan, zijn paard te pakken en te vluchten, maar een mysterieuze kracht nagelde hem aan de mat en belette hem dat te doen. Zondag was niet prettiger voor hem. Hij was verbaasd dat hij nog geen bericht van de rancher had gekregen om voor hem te verschijnen en zijn liquidatie te maken, maar gezien de zaak werd gezegd dat hij misschien de oorzaken van het gevecht niet kende en als Nancy, uit blos, ze had verstopt, zou hij zijn ruzie met Laurence niet zo ernstig beoordelen en rustig nadenken over de houding die hij met zich mee moest nemen. Het nadeel was dat de hatelijke boer het woord nam en Big een achtergrond gaf over de reden voor het gevecht. Als dit gebeurde en het alleen via zijn mond bekend was, waardoor het meisje in diskrediet werd gebracht, beloofde hij de charlatan neer te schieten waar hij hem vond,

Toen de zondagavond laat aanbrak, keerde het team terug en met hem Fred, die naar de stad was gegaan om zich een tijdje te amuseren.

Fred, heel opgewekt, ging de schuur in waar Bud geïsoleerd sliep en, leunend op de deurpost,

'Wat is er, oude vos? Hoe gaat het met je melancholie?

Bud snoof naar hem, sprong naar voren met gebalde vuisten en brulde:

'Ga uit mijn zicht, Fred! Ga weg, als je niet wilt dat ik die gierensnuiten opblaas.

"Dat moet je zien! antwoordde Fred opgewekt. Je bent niet in staat om een vuist in de slurf van een olifant te plaatsen.

Een woedende Bud sprong op hem uit met een direct schot, maar Fred ontweek scherp en zijn vuist sloeg tegen de deurpost.

De woedende voorman brulde als een gewonde stier, maar toen hij zich omdraaide en in het lantaarnlicht stond dat de schuur zwak verlichtte, zag Fred de sporen van de gevechten op zijn gezicht.

'Bij de horens van een koe, Bud! Wie heeft in godsnaam die kaart op je gezicht getekend?

'Wie zal er niet lang over kunnen opscheppen! snauwde Bud chagrijnig.

De pion naderde Bud en terwijl hij zijn brede hand op de schouder van de jongeman liet vallen, riep hij uit:

'Het spijt me, Bud, ik wist niet dat je ruzie had.' Wie was de gelukkige sterveling? Vertel mij niet. Ik weet het al.

"Omdat?

'Omdat het alleen Laurence had kunnen zijn.'

"Waar baseer je je op?

"Daarin is hij de enige die een schaduw op je hart werpt."

Bud greep het hoofdeinde en gooide het naar zijn hoofd, maar Fred ving het in de lucht op, gaf het terug en sloeg hem op zijn hoofd.

"Wees geen sletterige muilezel, Bud;" noch hiervoor ben je goed. Wil je ophouden met spelen en me vertellen wat er is gebeurd?

'Niets dat iemand anders kan interesseren dan mij.' Ik zal je één ding zeggen: ik verlaat deze ranch morgen.

Fred floot op een eigenaardige manier en vroeg:

'Ga je weg of schoppen ze je eruit?

"Voor de zaak is het hetzelfde." Ik ga weg en dat is het.

'Heb je al nagedacht over waar?

"Naar de hel! De jonge man schreeuwde wanhopig.

'Nou, daarvoor zou je hier verder kunnen gaan.' Per slot van rekening hoop ik dat we niet al te slecht zullen zijn.

Bud werd woedend.

"Wat zeg jij? Hij brulde.

'Dat we het daar niet zo erg zullen hebben.' Ik ben moe van bonen, boerenkool, gerookt spek en alle andere ingrediënten. Hoop dat helse gerechten meer saus hebben.

Bud, opgewonden door Freds houding, kwam naar hem toe en zei:

"Niet. Je zult niet gaan. Niets is tegen je. Je hebt je vader hier en je moet...

"Fuck je advies, Bud!" Denk je dat ik je alleen kan laten voor de wereld? Waarvoor, zodat de eerste die op je pad komt je afslaat? Nee, jongen, je bent veroordeeld om een babysitter achter je aan te dragen en die babysitter moet ik zijn.

Bud, moe van Freds ironie, zei:

'Wees niet volhardend, Fred, ik zal het niet toegeven.' Mijn zaken hoeven niemands leven te verstoren. Ik ga alleen en als ze me een pak slaag geven, troost jezelf dan; Je hebt het zo vaak gedaan dat nog een er niet toe doet.

'Natuurlijk maakt het uit, zoon.' Dat ik je versla is prima, maar dat anderen die glorie van mij stelen, nee. Haal dit boven je hoofd.

Bud brulde, schopte, dreigde, maar het mocht niet baten. Fred bleef staan en toen hij het zat was hem te horen, ging hij naar de deur en riep vanaf de deur:

"Vaarwel, kalf! Muge alles wat je wilt, je zult moe worden. Ik hoop dat als morgen de ochtend aanbreekt, je sprakeloos bent gebleven en dat het gemakkelijker is om met je in discussie te gaan.

En de deur dichtslaand, verdween hij.

Rond acht uur 's ochtends, toen Bud al twee uur op was en zijn plunjezak klaar voor de mars, verscheen Fred bij de schuur. Ze had zich aangekleed voor een vakantie en droeg het bundeltje kleren onder haar arm.

'Altijd, oude vos,' zei hij. Mijn voetzolen prikken van het trappen op onkruid op deze verdomde ranch.

Bud stond op het punt heftig te reageren toen de pion die als kok diende bij de schuur opdook en zei:

'Bud, de baas roept je in zijn kantoor.'

Bud aarzelde even, maar toen hij tot een oplossing kwam, waarschuwde hij Fred:

'Wacht even, ik kom zo naar beneden.' Ik denk dat het beter is om de situatie onder ogen te zien.

Fred knipoogde expressief en waarschuwde:

'En geen vuisten, lieverd.'

HOOFDSTUK IV

BUD AANVAARDT EEN VOORSTEL

Gestaag liep Bud het kantoor van de rancher binnen. Deze, achter zijn bureau, had een grote stapel papieren op het bord uitgespreid, en hoewel hij met gebogen hoofd bleef, bekeek hij Buds gezicht door zijn reacties te bestuderen.

Ten slotte hief ze haar hoofd op en keek hem streng aan en riep uit:

'Meneer Raines, u wist zaterdag niet wat de reden was van uw ruzie met meneer Raft, maar kom er gisteravond over heen en...'

'Sorry, meneer Big.' Ik denk dat ik je alle uitleg kan besparen, vooral als het gaat om mijn ontslag. Ik had op zijn idee geanticipeerd en wachtte er alleen op om het hem te kunnen meedelen en mij aan zijn bevelen te kunnen stellen als hij op privégebied iets van mij zou eisen.

"Ik hoop dat dat niet betekent dat hij hem een kans wil geven om me dood te schieten." Ik ben niet langer degene die ooit een pistool hanteerde.

Bud bloosde en zei snel:

'Ik vind dat je me heel slecht beoordeelt, hoewel je daar bepaalde redenen voor hebt.' Ik heb daar nooit van gedroomd en ik ben alleen bereid me tegen een muur te laten schieten als je denkt dat het je zelfrespect kan bevredigen.

'En wat zou ik in godsnaam krijgen door je neer te schieten als een jongetje? Is het alles wat je kunt bedenken om kritieke situaties te redden?

"Ik beken dat ik dat doe." Misschien komt dit door mijn gewelddadige karakter.

"Maar gelukkig hebben we niet allemaal een kruitvat in onze aderen zoals jij." Ga alsjeblieft zitten en luister goed naar me. Wil je me vertellen waarom je dat deed?

"""Het feit dat? Laurence afstoffen?

"Niet. Dat weet ik al. ik bedoel... de andere...

Bud bloosde en antwoordde kortaf:

'Moet ik gewelddadig zijn om het hem te vertellen?

'Je moet het me gewoon vertellen.' Of denk je dat ik mijn dochter heb opgevoed om een afleiding te zijn voor de eerste die haar treft?

Bud sprong onstuimig van de stoel en zei:

"Ik sta niet toe dat ze dat zegt, niet voor haar of voor mij." Het is waar dat ik mezelf niet kon bedwingen en ik kuste haar. Ik stond er niet bij stil of ze het leuk zou vinden of niet, maar ik kan haar vertellen dat ik het deed, gedomineerd door een diepe passie die ik voor haar voel.

"Op welke gronden?

"Ik negeer het. Het was een kwestie van omgeving. De nacht was zo poëtisch ... ze was zo mooi en ik was zo melancholisch ... ik had, zonder het te beseffen, voor haar gezongen. Ze hoorde hem en ging naar de patio, waar ze met ons sprak over liefdes, liefdes die net zo onmogelijk waren als naar de sterren reiken. Ze zong ook een couplet op het geluid van mijn gitaar; het was een lied vol bemoediging en hoop. Ik dacht... nou; Ik geloofde dwaas dat ik kon en ik durfde. Ik wil het haar niet kwalijk nemen, begrijp me goed, maar het gaf me houvast voor de zaak. Je weet alles al.

Big luisterde naar hem enigszins ontroerd door het accent van passie en oprechtheid dat de jongen in zijn verhaal legde en toen hij klaar was zei hij met een onzekere stem:

"Ben je gestopt om na te denken of je je liefde waard kunt zijn?

De vraag verraste Bud zo dat het lang duurde voordat hij antwoord kreeg. Tenslotte verklaarde hij:

"Ik weet het niet. Ik denk eerlijk gezegd van niet. Ik ben armer dan een rat.

"Laten we het geld opzij zetten." Er zijn dingen die geen marktwaarde hebben en een daarvan is liefde. Ik bedoel je persoonlijke kleding.

'Nou, op dat gebied denk ik niet dat er iets is dat me tegenwerkt.'

"Niet? En dat twistzieke en dominante karakter dat je bezit? En die bruuske en autoritaire manieren? En die geschiedenis van een man die werd geboren met de "Colt" in zijn hand en die ermee het graf in moet tussen zijn vingers? Is dat een deugd?

"Misschien niet, maar in deze regio waar de Colt de basis van het leven is ...

"Het zal zijn om met mannen te vechten, maar niet om door het huis te lopen met een gevoelige en delicate vrouw. Ik ben bang dat je onder die omstandigheden niet de juiste man bent voor mijn dochter.

"Ik heb geen echt huis gehad en niemand kan voorspellen hoe ik me daarin moet gedragen."

'Je gaat me vertellen dat daar de man zal zijn die zich door zijn vrouw laat slaan, nietwaar?'

"Niet zozeer, maar ik kan de liefdevolle, tedere en zalige man zijn waar ze van kan dromen."

"Ik zou het graag willen zien."

"Doe zelf de test! Bud durfde onbewust te zeggen.

"Er zijn testen die later geen oplossing hebben als ze falen. Heb je erover nagedacht? Je zou het kunnen doen, maar de voorafgaande voorwaarden zouden je te zwaar lijken.

Toen Bud dat hoorde, het meest onverwachte dat hij kon horen, stond hij weer onstuimig op en riep:

"Wat zeg jij?

'Het lijkt erop dat ik duidelijk heb gesproken, meneer Raines.'

Deze, zo rood als een klaproos, antwoordde:

"Goed. Onderwerp me aan de test van lucht en vuur en ik zal weten hoe ik er schoppen op moet reageren. Ik kan niet meer zeggen.

Big glimlachte en dwong hem rechtop te gaan zitten en zei:

'Luister goed naar me, Bud.' Je bent een jongen met zeer goede eigenschappen, maar je hebt een aantal onaangename eigenschappen die je niet ver zullen brengen als je ze niet corrigeert. Ik kan je niet meteen iets beloven, maar ik kan je wel iets voor de toekomst beloven dat je zelf moet inkorten.

"Mijn dochter is niet erg verontwaardigd over je geweest om wat er is gedaan, maar ze is ook niet begonnen te springen van vreugde. Ze is aardig, ze bewaart goede herinneringen aan je waardoor ze met plezier naar je kijkt, maar ze is bang, net als ik , dat dit een masker of een uitbarsting is zonder consistentie. Aan de andere kant ben je arm en ben je, omdat je dat wilde zijn. Het leven vraagt tegenwoordig een zekere gelijkheid die je niet hebt, maar die je wel kunt hebben als je wilt dingen: om een deel van het fortuin op te halen dat gelijk is aan haar, en om haar liefde te winnen, als het waar is dat je verliefd bent op mijn dochter.

'Wat doe je nu je me die voorwaarden niet vertelt? riep Bud wanhopig.

"Rustig aan en laat je innerlijke beest niet opduiken, want dat is de eerste die je moet temmen." Ik zal ze je uitleggen, maar ik heb je al gewaarschuwd dat ze hard zullen zijn. Mijn dochter, voor het geval het haar aan iets ontbrak om zich financieel nog meer van je te distantiëren, heeft net een ranch geërfd. Het werd hem nagelaten door zijn oom Ben, de broer van zijn moeder, maar die ranch is zoiets als of hij een cobra had geërfd en die op zijn borsten moest voeden. Als er iets demonisch in deze wereld is, dan is het de ranch van Ben Hays, gelegen in Whitebills, vlakbij de Wilson Mountains..., ken jij Gambling?

"Iets. Het is geen sterk aanbevolen deel van de regio.

"Nee dat is het niet. Als je daaraan toevoegt dat Bens uitrusting ruwer is dan een wild paard, dat er veehouders zijn die het vee bijna ongestraft "deuken" en dat dit moet worden rechtgezet en opgeruimd, dan begrijp je dat erfenis een geschenk van God is.

"Nou, daar is het bot om te kraken. We kunnen de ranch eerlijk waarderen voor wat het momenteel waard is, en als je binnen een jaar toezegt om het te herstellen, een fatsoenlijk team hebt, een einde maakt aan de veedieven en de waarde verdubbelt van het vee, al dat overschot, afgezien van het salaris dat u is toegewezen, zal in uw voordeel gaan om u op het niveau van mijn dochter te brengen en naar haar hand te kunnen streven. Dit is het materiële deel; het spirituele deel is onder uw hoede, goed begrepen dat Om uw liefde te verdienen, hoef ik u geen advies te geven, maar het zelf te nemen.

Bud, die naar de woorden van de boer luisterde als iemand die naar aangename muziek in zijn oor luistert, stond kalm op en vroeg:

'Wanneer kan ik naar de ranch vertrekken?

'Ik denk zodra je er klaar voor bent.' Ik heb alle papieren voor u opgesteld om het namens mijn dochter in bezit te nemen en een volmacht van u, zodat niemand aan uw gezag twijfelt. De rest is uw verantwoordelijkheid.

Bud stapte naar voren en vroeg:

"Is het in mijn macht om Fred Sanders mee te nemen?

"Goed. Als het je in de weg staat en je een vroege dood wenst, neem het dan weg; maar waarschuw jezelf van tevoren.

"Onnodig. Fred kijkt ernaar uit om iemand te vinden die de brok uit zijn neus kan breken en ik kijk hier meer naar uit dan hij. Als je niet wordt afgeperst, gaan we er vanmiddag heen.

"Geen. Vanaf dit moment ben je vrij om dat te doen.

Bud was even verbaasd en vroeg toen:

'Geef je me toestemming om dezelfde verzekeringen aan je dochter te geven en afscheid van haar te nemen?

Big aarzelde even en zei ten slotte:

"Ik zou het niet doen. Het zou een teleurstellend afscheid kunnen zijn. Laat haar achter met de herinnering aan de vorige nacht en laat haar ervan genieten, om te zien of ze het goed verteert. Misschien zal het interview over een tijdje, wanneer ze hoort van haar werk en de offers die u brengt voor haar en haar interesses, leuker voor u zijn.

"Nou, ik begrijp je idee en ik houd me eraan." Zeg vaarwel tegen haar en verzeker haar dat ik er alles aan zal doen om er een aards paradijs van te maken, waar alleen bloemen op zijn pad bloeien en waar de waarde van elke meter land iets is dat de machtigsten doet verbleken van jaloezie.

En de rancher uitbundig de hand schuddend, verliet hij als een gek het kantoor, zijn ogen vol lachende landschappen van liefde en geluk.

Toen hij bij de schuur kwam waar Fred verveeld en melancholiek op hem wachtte, gaf hij hem een verschrikkelijke duw die hem op de mat gooide en riep:

'Ga uit mijn zicht, klootzak! ... Wat doe je daar?

'Wachten op je terugkeer... Waar zijn de klappen geweest die je niet opmerkt?'

'Nog nergens, maar ze komen wel.' Maak je klaar, we gaan weg.

"Wauw... Heb jij jezelf er al van overtuigd dat je niet de wereld rond kunt lopen zonder oppas?

'Nee: ik neem je mee naar een plek waar ik je oppas moet zijn.

"Ik wil het graag zien!

"Nou, je zult het zien en, wat nog erger is, je zult het voelen." We gaan naar een plek waar kogels zullen regenen als hagel en waar je vuisten het verdomde ding niet zullen doen.

"Ik wil het graag zien! Herhaalde stoïcijnse Fred

"Zeg ik je niet dat je het gaat zien en voelen, kleine jaarling?

'Nou, waar gaan we de voormannen zoals jij eten zonder kruiden?'

"Naar Whitebills."

Fred floot tussen zijn tanden en mopperde:

'Naar die vervloekte hoek van de hel, waar we die beroemde kerstnacht te paard gingen?

"Terecht.; maar met de bijzonderheid dat we nu al degenen die daar niet welkom zijn, gaan gooien.

'Is meneer Big degene die je heeft gestuurd?

"Ja. Ik ga de ranch runnen van haar zwager Ben, die is overleden en het aan Nancy heeft nagelaten.

"Naar Nancy! ... Maar wat is dat voor bekendheid, Bud? Dus meneer Big mist de moed om je te vermoorden en stuurt je om anderen het werk alleen te laten doen? Laat me naar boven gaan en in zijn neus knijpen, voor ellendig!

Bud moest heldhaftige pogingen doen om zijn partner in bedwang te houden. Hij begreep dat dit een verachtelijke taak was en was van plan haar bij voorbaat te wreken.

Eindelijk slaagde hij erin de pion te overtuigen en verzekerde:

"Wees stil, ezel." Wat weet je van de gunst die hij me daarmee gaat bewijzen?

"gunst? Niet dat hij de hand van zijn dochter als prijs zou schenken!

Bud, die de vreugde die in zijn ziel stroomde niet in bedwang kon houden, riep uit:

"Wat als het zou zijn?

Fred schoot hem een direct schot dat hem bijna raakte en mompelde:

"Ah, onfatsoenlijk varken! En heb je het stil gehouden? En daarom zag je er zo wanhopig en zo gesloten uit? Je verdient het dat je kin wordt afgebroken voor een schurk.

'Kom op, Fred, wees niet hatelijk.' Ik zweer dat het iets groots en onvoorziens was, ik zal je erover vertellen.

De pion krabde zich op zijn hoofd en vroeg toen schaapachtig:

"Hé, echt, als je daar niet wordt afgetrokken, kan dat je prijs zijn?"

'Dat heeft de baas me verzekerd.'

'Wil je me een plezier doen?

"Vertel het me.

'Vraag hem of hij het aan mij doorgeeft.' Ook ik bijt op het halster voor Rosa, de meid van juffrouw Nancy; maar zij...

'Nou, misschien komt zijn invloed daartoe.' Al lijkt het mij dat je te gewelddadig moet zijn voor zijn karakter. Als je een rustige en verstandige man was zoals ik!

Fred gooide een kopbal naar hem, maar Bud ontweek hem behendig.

Halverwege de middag hadden ze alles klaar voor vertrek, en Bud ging naar Big's kantoor om afscheid te nemen van Big.

De rancher gaf hem zijn liquidatie, alle papieren over de ranch, de machtiging waarin hij zijn enige vertegenwoordiger noemde en een duplicaat van het contract dat beiden moesten ondertekenen om hun verbintenis te formaliseren.

'Je hoeft het nu niet te ondertekenen,' waarschuwde Big. Bestudeer het en, als het je uitkomt, teken het, en als er een clausule is om te bespreken ...

"Zodat? Noch jij noch ik zijn dieven. Als we het over de basis eens zijn, zullen we het over het secundaire niet oneens zijn.

Hij schudde de oude Big de hand en ging naar de patio, waar Fred te paard op hem wachtte.

Bud stapte in de zijne en stapte van het hek af. De zon scheen over de gevlogen galerij van de ranch en de bloemen in Nancy's potten stonden in vuur en vlam van licht en kleur.

De jongen sloeg zijn ogen op naar de reling op zoek naar het mooie silhouet van de jonge vrouw, maar hij kon haar niet ontdekken. Ongetwijfeld koesterde hij een wrok om wat er die nacht was gebeurd.

Melancholisch ging hij de vallei in.

Fred vroeg wrang:

'Heb je haar niet gezien, Bud?

'Hoe zou hij haar gaan zien als hij niet kwam opdagen? Bud antwoordde droevig.

'Nee, stuk stront. Wat er gebeurt, is dat het aan de andere kant van de gevel leunde. Ik zag haar door het glas kijken. Je bent een blinde man, Bud, en ik ben bang dat je nooit zult weten hoe je haar voor je kunt winnen.

HOOFDSTUK V

EEN INGANG TE LUID

Bud en Fred's intrede op de "Cruz Alta"-ranch in Whitebills was niet bepaald zo'n apotheose als die van Washington op een dag in Annapolis toen het zegevierend terugkeerde van de Engelsen. Lowell Winant, voorman van de ranch, kwam hen tegemoet bij het hek, en toen Bud vroeg wie de baas was over de ranch, kwam hij opschepperig naar voren om te antwoorden:

"Ik ben de manager, vreemdeling, wat werd je aangeboden?"

'Gewoon de ranch overnemen namens juffrouw Nancy Big, van wie ik schriftelijke volmachten meebreng.'

Bud deed alsof hij zijn documentatie wilde laten zien, maar de voorman wees het gebaar af en zei:

"Het spijt me dat je zo'n lastige wandeling hebt gemaakt vanuit Grand Canyon; maar hier heb je niets te doen. Ik wacht op het bezoek van die jongedame om mezelf met haar te begrijpen en de rest bevredigt me niet.

Bud steeg kalm van het paard, gevolgd door Fred, liep naar Lowell en zei:

'En denk je dat juffrouw Nancy zo'n slechte smaak heeft dat ze deze wandeling maakt om je dat "roffelende" gezicht te zien dat je hebt?

Lowell verstijfde bij de belediging en antwoordde fel:

'Luister, vreemdeling.' Je bent een operette-cowboy die hier komt in de overtuiging dat je de aarde gaat opslokken, en dat is gemakkelijk te gebeuren als het vijf minuten duurt om helemaal te verdwijnen. Je hebt mannen van mijn formaat nodig om deze ranch te runnen, en ik ben niet iemand die de baan opgeeft aan de eerste man die naar voren komt om het op te eisen.

"Dat betekent dat je het alleen met geweld opgeeft..."

'Je klinkt als een waarzegster.'

"Ach ja! In dat geval valt er niet meer over te praten. Fred, wil je deze heer de documenten laten zien die je erkennen als voorman van deze ranch. Fred, heel geamuseerd, vroeg:

"Welk oog wil je dat hij inslikt: links of rechts?

'Omdat hij bijziend is, denk ik vanwege ons allebei.'

Fred deed een stap naar voren en Lowell, zeer verwaand over de show die hij zijn team wilde geven, die hem bij voorbaat lachend om het falen van de twee vreemden omringde, boog zijn benen, balde zijn vuisten en bereidde zich voor om Fred te begroeten met waardigheid.

Hij maakte een paar vreemde bochten met zijn armen, en plotseling, voordat Lowell de tijd had om het te beseffen, werd hij op zijn mond geslagen, waardoor hij een half dozijn tanden uitsloeg.

De voorman slaakte een indrukwekkend gebrul en leunde achterover, overmand door pijn, terwijl Fred zich tot Bud richtte en zich verontschuldigde door te zeggen:

'Sorry dat ik je mond wat eerder bedekte.' Ik erger me aan kippen die zoveel kakelen voordat ze weten of ze hun eieren gaan leggen. Nu zal ik u mijn geloofsbrieven in de juiste vorm laten "zien".

Lowell, die bloed spuwde, herstelde enigszins, want hij was een man van buitengewone taaiheid, en wierp zichzelf als een blinde stier op Fred, maar het duurde niet lang om de juiste ontvangst te erkennen.

Fred's vuist doorzocht als een knots zijn rechteroog en met een verschrikkelijke klap liet hij het een lang seizoen gesloten.

Ondanks de harde straf gaf de voorman niet op. Hij kende het einde dat hem te wachten stond en hij deed nog een laatste poging om van dat uitzonderlijke wezen af te komen, de enige manier om ze van de ranch te verdrijven en erin te blijven regeren zoals zijn project was.

Maar Fred, die zich ergerde aan zo'n koppigheid, besloot het gevecht te beëindigen, en op zoek naar de harde kin van de cowboy, gaf hij hem een laatste klap, waardoor hij als een bundel op de grond bleef liggen.

Toen glimlachte hij naar Bud, die veel plezier had gehad met het bewonderen van de kracht van de vuisten van zijn vriend, dit keer op zijn kosten, en vroeg:

'Is het duidelijk dat ik hetzelfde moet doen met al dit gepeupel, één voor één, of is het genoeg als een kleine steekproef?

'Dat zullen ze zeggen, Fred.' Je bent de voorman van deze ranch, door mijn aanduiding, en ik zal niet degene zijn die je leert hoe je je mannen moet behandelen. Vraag ze in ieder geval om te kijken wat ze ervan vinden.

"Nou, de vraag is gesteld."

De pionnen keken elkaar met oneindige woede aan, totdat een, die de gevoelens van zijn metgezellen leek te interpreteren, naar voren kwam en zei:

'We herkennen geen andere voorman dan Lowell.'

'Wat betekent dat je hier meteen weggaat, nietwaar?'

'Het betekent niet meer dan wat ik zei,' zei de dreigende pion.

Veertien stoere en vastberaden mannen grijnsden sinister met hun handen op de kolven van hun 'Colts', klaar om hun claim te ondersteunen, wapens in de hand, maar voordat ze tijd hadden om ze te trekken, verschenen er twee revolvers in Buds handen met de snelheid van een machinegeweer en tien hoeden van evenveel pioenen vlogen ze door de lucht, afgescheurd door de tien goed gerichte kogels.

Bud, die niet de minste trilling in zijn hand vertoonde, waarschuwde:

"Om met mij te praten, moet je eerst jezelf ontdekken." Fred, ontdek alsjeblieft die andere vier.

Fred, die ook zijn wapens hanteerde, schoot snel. Drie hoeden vlogen door de lucht; maar de vierde had meer geluk, want hij viel, zijn voorhoofd doorboord door een kogel.

Het was de pion die had durven weigeren de bevelen van Bud op te volgen.

'Sorry, Bud,' zei Fred, 'het liep uit de hand.'

Niemand, geconfronteerd met die test van vaardigheid en snelheid, durfde een hand te bewegen. Bud had zijn revolvers al herladen en wachtte op het antwoord.

De pioenen, vernederd, beperkten zich tot het lopen naar de deur, klaar om te marcheren.

'Oké,' zei de een. Daar blijf je bij de ranch, en we zullen zien of je over een maand die dampen en dat vermogen om te schieten zult behouden.

Bud liet ze gaan. Hij had een bitter probleem toen hij geen apparatuur meer had om het vee te hoeden; maar hij hoopte hem te voorzien van de hulp van de sheriff, aan wie hij goed werd aanbevolen.

De ranch bleef met niets anders over dan een kreupele oude boerenknecht, die wijlen Ben had laten koken toen hij zijn been brak in een rodeo.

Bill, die de peon werd genoemd, betuigde grote genegenheid voor de overledene ondanks zijn eigenaardigheden en zijn zuurheid van karakter, en had nooit een gemeenschappelijke zaak gemaakt met Lowell en zijn mannen, die hem ook niet veel belang hechtten.

Bud, denkend dat hij alleen was gelaten, wendde zich tot Fred en zei:

"Probeer me stevig vast te binden aan deze vogel, zodat hij niet wegrent voordat ik besef wat hij op de ranch heeft gedaan sinds de dood van de oude man, en kijk dan een beetje rond in de keuken om te zien wat je kunt vinden om te eten."

Fred stond op het punt het bevel uit te voeren, toen een grotesk bewegende bundel uit een van de schuren tevoorschijn kwam, en Bud, die het zag, stapte naar voren en zei:

"Wie ben jij in hemelsnaam?

'Ik ben de kok, meneer.' Hij had zich daar verstopt terwijl het vuurwerk aan de gang was.

"Goed. Wat doe je dat niet ieders pad volgt?

"Ik heb er geen zin in." Ik was de kok van de oude Ben en ik hield erg veel van hem. Ik dien de ranch, niet Lowell.

'Wat betekent dat hij blijft.'

'En blij dat je die lepra van de ranch hebt geveegd.' Als je nog vijftien dagen nodig had, zou je hier niet eens de geur van vee hebben gevonden.

"Zeer goed. Ik zal deze daad van loyaliteit jegens u overwegen, en uw fatsoenlijke houding zal u niet teleurstellen. Kijk of er iets is dat je in je mond kunt stoppen.

"Natuurlijk is er." Ik was me aan het voorbereiden om het avondeten te bereiden voor die luie mensen, en ik denk niet dat ze niet het goede leven leidden.

De kok trok zich terug op zijn post en Fred begon Lowell stevig vast te binden en hem op te sluiten in een van de schuren.

"Goed. Hij zei: "Die is al gered." Wat doe ik nu in godsnaam met die andere kerel?

"Hij zal begraven moeten worden zoals God het bedoeld heeft." Zorg daarvoor en zorg ook voor het openen van een buitengewone onkostenrekening om deze aan het einde van de maand door te geven aan Mr. Big. Er zijn dingen die op uw kosten moeten gaan.

'Wat tel je in godsnaam als buitengewone uitgaven?

'Nou, de waarde van veertien kogels die we vanmiddag hebben gebruikt en wat is een fatsoenlijke kroon waard voor die vent.' Ik doe dingen graag methodisch.

"Duivel! ... Het lijkt mij dat wat de ranch oplevert dan zal worden besteed aan buskruit.

"Dat is jouw rekening." Ik ben gekomen om je boerderij te runnen, maar niet om mijn salaris uit te geven aan buskruit en kogels. Niet vergeten.

"Nou nou; het zal worden gedaan zoals besteld door het patroon.

Terwijl de kok het eten klaarmaakte, ging Bud naar de ranch en begon die met Fred te onderzoeken. Het gebouw, erg verlaten en vies, zag eruit als een varkensstal, en alles wees erop dat de eigenaar, die maandenlang in een leunstoel had gezeten zonder zich te kunnen bewegen, overgeleverd was aan de genade van die boefjes die hun boerderij hadden gemaakt tot wat zij wilden.

"Dit is klote, Fred." Ik ben bang dat je veel werk moet verzetten met de bezem en de emmers.

'En de hel met je ziel, Bud.' Waarom heb je me hierheen gebracht: om dienstbode of voorman te zijn?

'Maar zie je niet hoe dit is?

"Zoek een dienstmeisje om ervoor te zorgen." Ah ...! en zorg ervoor dat hij een iets aantrekkelijker gezicht heeft dan die vreselijke voorman. Ik hou van de decoratie in de kamers.

'Voor jou om met haar te vrijen, nietwaar?'

"Me? Delirium niet. Ik ben een fatsoenlijke man. Voor mij zijn er niet meer vrouwen op de wereld dan zeven. Een daarvan is Rosa en...

'De anderen zijn al dood, Fred.' Ik zal een heks inhuren en je in de gaten houden voor het geval dat. Ik vertrouw niet veel van je scrupules als het om rokken gaat...

Fred grijnsde van berusting en ze gingen samen het kantoor binnen.

Bud haalde een kleine sleutel tevoorschijn die Big hem had gegeven. Dit kwam overeen met de la van Bens tafel, waar hij zijn boeken bewaarde.

Bud stuurde Fred om te vragen of het eten in orde was, en ondertussen bladerde hij door de boeken.

Ben hield de boel up-to-date en zorgvuldig. Door zijn ziekte, waardoor hij meer dan twee jaar met verlamde benen in een leunstoel zat, kon hij alleen de rekeningen van de ranch afhandelen, en deze waren goed geordend.

Van hen leerde Bud dat er drieduizend stieren in de wei moesten zijn; twaalfhonderd koeien en dat het kalf voor het seizoen negenhonderd kalveren had bedragen. In de verkoopboekjes stonden de laatste wedstrijden van een half jaar geleden vermeld. De laatste, van vijfhonderd stuks vee, was toegekend aan een veehandelaar in Nedles, Californië, voor 48 dollar per hoofd.

Dat was wat de boeken eruit gooiden. Nu was het nodig om te weten wat de realiteit ervan beschuldigde na twee maanden te hebben ontdekt dat de veeteelt in handen was van Lowell en zijn team, en dit moest worden geventileerd met die ganapán voordat hij hem bewegingsvrijheid gaf.

Fred kondigde aan dat het eten klaar was en toen ze naar de eetkamer gingen, stonden de borden al te roken op tafel.

Bud nodigde de oude kok uit om naast hen te komen zitten en nam even de tijd om hem te ondervragen over de gang van zaken op de ranch. De details die Bill hem gaf, waren niet bedoeld om hem te dwingen om tevreden te dansen.

Sinds Bens dood waren er twee kuddes vee verkocht en was er een nachtelijke overval gepleegd als gevolg van een gedurfde aanval van veedieven. Aan de andere kant waren de kosten van de ranch in de handen van de onbekwame voorman buitensporig, en om ze te dekken, had hij een deel van het hooi dat voor de winter was opgeslagen verkocht, wat een catastrofe zou kunnen veroorzaken als de natuurlijke weidereserves schaars zouden zijn vanwege aan slechte weersomstandigheden.

Wat het team betreft, alles wat hij over hem zei was weinig om hem te portretteren. Door te zeggen dat het door Lowell was gemaakt, was alles gezegd.

Daarna informeerde hij hem over de algemene situatie. De regio werd geteisterd door veedieven en dieven. De Wilson Mountains dienden heel goed als een toevluchtsoord voor de outlaws en de stad leed onder de heerschappij van hen, die haar ware meesters waren.

Bud zou een serieus probleem hebben om zijn apparatuur te vernieuwen. Er waren daar niet veel betrouwbare mensen waarop kon worden gerekend en de weinigen die nuttig en trouw konden zijn, zouden de beschuldigingen niet durven accepteren, omdat het voortdurende gevecht met de dieven een constant levensgevaar voor hen betekende.

Bill bood aan om met twee neefjes te praten die hij had op een boerderij in het graafschap. Ze waren allebei cowboyjongens, maar ze hadden ontslag genomen uit zo'n gevaarlijke positie en hadden zich in de landbouw ingezet, minder blootgesteld, omdat de ongewensten meer aangetrokken waren tot vee dan tot groenten.

Bud bedankte hem voor het aanbod en beloofde hen goed te betalen voor hun werk als ze goed presteerden. Hij moest zich omringen met stoere en loyale mensen om de outlaws te bestrijden en hij zou beginnen met het stellen van een voorbeeld van moed.

Die nacht, uit angst voor een onaangenaam bezoek, niet alleen van de veedieven, maar ook van de arbeiders van het ontslagen team, die misschien zouden proberen te profiteren van de weerloosheid van het vee dat alleen door Fred en Bud werd bewaakt, sloten ze een zeer strenge wacht; maar de nacht verliep zonder incidenten, en bij het aanbreken van de dag trokken ze zich terug om een poosje uit te rusten, Bill achterlatend om te kijken.

Midden op de dag ging Bud op campagne. Zijn grootste zorg was de vernieuwing van het team. Zolang hij geen geschikte mensen had, zou hij aan handen en voeten gebonden zijn. Voordat hij vertrok, herinnerde hij zich Lowell en beval:

'Fred, breng die vogel, ik wil een paar woorden met hem spreken.

Maar tot Freds grote verbazing was de vogel op de vlucht geslagen. Hij sloeg een ruit in de schuur in, kon zijn banden met het gebroken glas vijlen en ontsnappen, niet zonder een dreigbriefje voor Bud achter te laten, waarin hij beloofde volledige wraak te nemen voor de behandeling die hij had gekregen.

Bud was woedend over de ontdekking. Nu kon hij niet zeggen hoeveel overvallen er de afgelopen twee maanden op de ranch waren gepleegd en dit zou de boekhouding in verwarring brengen.

Maar aangezien het ding hopeloos was, was het het beste om het te vergeten, hoewel het Lowell niet mocht vergeten, die een van zijn meest onverzoenlijke vijanden zou worden.

Na de lunch ging hij naar de stad om de sheriff te ontmoeten, op wiens bevel hij zichzelf zou plaatsen en van wie hij de maximale hulp zou krijgen; maar zijn bezoek aan de eerste Whitebills-autoriteit had niet meer teleurstellend kunnen zijn.

De sheriff, een man die al gehard was in de strijd tegen de ongewensten en die de sporen ervan beschuldigde met drie littekens die hij op zijn lichaam droeg, verwelkomde Bud hartelijk, en toen hij zijn missie op de ranch en zijn wensen had uitgelegd, Vertelden hem:

'Hoor eens, Bud, ik denk dat degene die je hierheen heeft gestuurd hem niet aardig vond.' Tijdens Bens leven en toen hij genoot van zijn krachten en energieën, zag hij zichzelf en wenste hij dat hij de ongewensten op afstand zou houden. Later, toen hij ziek werd en op de handen van iemand anders moest vertrouwen, werd zijn ranch een nest voor slangen, omdat Lowell, die altijd lui en verkwistend was, misbruik maakte van zijn gebrek aan controle om te doen wat hij wilde. met de hulp van zijn mannen, die uniek waren. U hebt een verdienstelijk werk verricht door die melaatsheid weg te vagen; Maar denk je dat het gemakkelijk voor je zal zijn om ze te vervangen door waardige mensen? De weinigen die er zijn zullen zich niet willen blootstellen aan het zijn van "Colt" vlees en de anderen zullen aanbieden om zich bij het team aan te sluiten om de veedieven te helpen. Het probleem dat zich voordoet is ernstig.

"Goed, maar is er geen manier om iets te doen om de regio op te ruimen?"

'Ja, maar waar zijn de mensen daartoe in staat?' Ik alleen kan niets doen en niemand voorziet mij van mensen voor zulk gevaarlijk werk. Ik zal je meer vertellen: onder de verschillende prominente veehouders die dit teisteren, is er één, Ray Garson, die kort voor zijn dood vijfhonderd stuks vee 'deukte'. Ray is niet verlegen geweest om het overal uit te bazuinen en ik heb hem niet kunnen stoppen, omdat hij zich omringt met een paar schutters die me nauwelijks zouden hebben zien naderen, ze zouden me hebben neergeschoten. Ray bezoekt de gokhuizen van de stad; hij speelt, drinkt, wordt dronken en als hij geen cent meer heeft, neemt hij nog een hit waar het hem het beste lijkt, en om te leven. Op een keer kreeg ik verschillende sheriffs in de regio om een dozijn en een half van hun hulpsheriffs te verzamelen om me te helpen opruimen en toen ik het ging proberen, gaf iemand de tip, ze verdwenen in de berg en er was geen manier om ze te lokaliseren. De assistenten marcheerden weer verveeld en dagen later schoten ze me in de rug die me tussen leven en dood bracht.

Als je je opgewekter en moediger voelt dan ik, ben ik bereid je de ster te geven, zolang je krijgt wat niemand anders hier heeft.

Bud, die aandachtig luisterde, antwoordde:

"Heel goed, meneer Oakle; ik waardeer uw rapporten en ik zal u maar één ding zeggen: die ranch betekent iets voor mij dat meer waard is dan wat ze ervoor zouden kunnen geven, twintig keer verbeterd, en ik moet het met handen verdedigen Ik ben er niet trots op dat ik meer ben dan wie dan ook, maar ik bevestig één ding: of ik maak de regio schoon zodat het bedrijf kan bloeien, of ze zullen me hier moeten begraven, en daarmee zullen al mijn beproevingen worden Het hangt er allemaal van af of ik een betrouwbaar team bij elkaar krijg, als het me lukt, zal iemand spijt krijgen dat hij niet naar de andere kant van de Confederatie is gemigreerd.

'Dat is het bot, meneer Raines.' Waar is dat elftal?

"Kun je niet iemand aanspreken die het lef voelt om er deel van uit te maken? Mijn kok, de enige fatsoenlijke persoon die er nog is, heeft aangeboden om met twee van zijn neefjes te praten die op een boerderij werken.

"O ja! De Swansons zijn goede jongens, maar ze willen niet zo jong sterven.

'Ik zal kijken of ik je ervan kan overtuigen dat het gemakkelijk is om je leven te behouden en een goede daad met mij te doen.'

"Probeer het." Wat mij betreft, ik kan u wijzen op Jim Hopkins en Rufus Hanna. Je zult de eerste vinden die je vader helpt bij de smederij, en de tweede bij Larry "el Bizco's" graanopslag. Het zijn stillere beroepen dan cowboy.

'Ik dank u voor uw berichten; voor de rest zal het niet lang duren voordat hij in de stad over mij hoort. Het is een obsessie dat ik bepaalde mensen aan de heilige van mijn naam moet herinneren.

'Zorg ervoor dat je er niet aan hoeft te denken dat hij hem op een grafsteen heeft gebeeldhouwd.' Het is erg makkelijk.

"En ook heel moeilijk." Mensen zeggen dat ik geboren ben met de "Colt" in de hand. En het is grappig dat, net alsof ik mezelf genees van dit defect van het leven met het wapen tussen mijn vingers, ze me hierheen hebben gestuurd, waar je het met de ene hand moet vasthouden terwijl je met de andere de soep drinkt.

Bud nam afscheid van de sheriff, verzamelde de adressen van de vier mogelijke arbeiders voor de ranch en ging op zoek naar hen, waarbij hij alles wat er van de middag over was gebruikt om hen te vinden en hen ervan te overtuigen dat ze hem moesten steunen bij zulk waardevol werk.

Maar die avond, toen hij terugkeerde naar de ranch, had hij de vier bruidegoms achter zich, erg blij met een leider van zulke arrestaties.

HOOFDSTUK VI

HOE JE 3.055 DOLLARS KRIJGT

Het tellen van het vee in de wei was hartverscheurend. Van de 3.101 stieren bleven er nog maar 1.850 over. Het aantal koeien was teruggebracht tot 601 en het aantal kalveren was gehalveerd.

Bud ontkende de plundering en zwoer bij alles wat gezworen had Lowells huid te scheuren, als hij het geluk had hem op een dag tegen te komen.

Na een algemeen bezoek aan de ranch, begon hij een rapport voor Big te schrijven. Daarin gaf hij verslag van de ontvangst die ze hadden ontvangen, het resultaat ervan, het gebrek aan vee en de erbarmelijke staat van de ranch en zijn afhankelijkheden, en na vele studies voegde hij een begroting toe van uitgaven om dat alles te verbeteren, wat neerkwam op tot $ 2501, die hij smeekte om te worden verzonden om de werken onmiddellijk uit te voeren.

Buds verbazing en woede waren enorm toen hij een brief van Big ontving waarin hij onder meer zei:

"Het spijt me dat ik je geen cent kan sturen, maar ik ben niet bereid om geld te verspillen aan iets waarvan ik nog niet weet of het de moeite waard is om te onthouden dat het bestaat. Ik heb je daarheen gestuurd met volledige bevoegdheden om te doen wat nodig is. precies, maar rekenend op de eigen middelen van de ranch. Ik geloofde dat hij een agressieve man was, met vindingrijkheid en middelen om orde op zaken te stellen en hem voorspoedig te maken. Om degene te zijn die de kosten draagt die u aangeeft „Ik hoefde je niet voor vijftig procent van de winst in het bedrijf te interesseren.

"Nu, zelfs als ik mezelf blootstel aan het verlies van hen, kan ik alleen maar je loon voor zes maanden voorschieten en dan jou met de baan die je het wilt geven."

Toen hij de brief aan Fred las, schreeuwde hij in de lucht, tegen Big aanrennend.

'Maar wat denkt die oude vrek, dat je de Californische mijnen aan je vingers hebt om de kastanjes uit het vuur te halen?' Wat biedt hij je in godsnaam aan, als alles wat hem kan worden teruggegeven als dit is opgelost, ga je het hem dan met jouw moeite geven? En verwacht je dat hij je de hand van zijn dochter schenkt? Een hoorn! Die woekeraar van de duivel, hij probeert van je af te komen zodat je niet met haar trouwt, zie je dat niet? En in het laatste uiterste, als hij zijn zin niet krijgt, zal dat zijn omdat je miljonair wordt met je eigen gevaar, maar zonder zijn hulp.

"Wat wil je dat ik doe? vroeg Bud ontmoedigd.

'Stuur hem eerst een brief om hem naar de hel te sturen.' Je moet hem een uitbuiter, woekeraar, bedrieger noemen en alles wat in je opkomt. Dan zeg je dat hij die opmars moet houden die je helemaal niet nodig hebt, en er dan niet aan moet denken om hier op een dag te verschijnen, want zodra hij zijn neus door deze weiden steekt, gooien we hem in een vijver met een koe om zijn nek gebonden.

'Dat kan ik niet, Fred,' wierp Bud tegen. Het is via Nancy.

"Zeg geen onzin." Het is jouw plicht om het te doen zodat hij ziet dat je meer lever hebt dan hij. Dan zullen we zien hoe we uit dit wespennest komen waar we zijn gekomen, en als je hem niet zo schrijft, zweer ik je dat ik je mond met mijn vuisten heb verlaten, erger dan ik het aan Lowell overliet .

Bud heeft Fred's advies veel gerijpt; maar uiteindelijk realiseerde hij zich dat hij gelijk had en besloot hij te schrijven.

De brief was een model van een zweep om woekeraars te geselen. Zonder op zijn tong te bijten om hem te vertellen hoeveel tot zijn verbeelding kwam, eindigde hij de brief met de woorden:

"Bud Raines heeft nooit om een aalmoes gevraagd. Je kunt dat voorschot bewaren, ik wil het niet en ik zal wel of niet doen wat dit vraagt, dat is mijn account; maar ik waarschuw je, als je toevallig je neus erin steekt de ranch Voordat ons contract afloopt, gooi ik hem in een vijver met de dikste koe die ik kan vinden om zijn nek gebonden.'

Die brief, die de boer in opstand zou brengen, sloot elke mogelijkheid uit om zijn plannen uit te voeren; Maar hij was een agressieve man en hij hoopte een formule te vinden die hem uit de problemen zou helpen.

Het vee, mager en arm, kon niet worden verkocht. Om dat te doen zou krankzinnig zijn geweest, want alles wat ze zouden hebben gegeven voor elk hoofd was twintig of vijfentwintig dollar, en toch had hij geld nodig om de ranch schoon te maken, de pioenteelt te betalen en de weiden te vervangen die door Lowells hebzucht waren uitgeput.

Al het geld dat hij in zijn zak had was zeventig dollar en vijf cent, en hoewel Fred hem genereus de vijfendertig aanbood die hij had, was er met dat bedrag niet eens een week om de arbeiders te ondersteunen.

Bud moest ergens geld vandaan halen, zoals hij zijn magere team moest versterken, en hij vroeg zich af hoe hij het moest krijgen.

Plotseling kwam er een inspiratie in hem op. Oakle had hem bepaalde informatie gegeven die hij bijna vergeten was, en nu hij het zich herinnerde, glimlachte hij wrang.

Hij controleerde zijn revolvers om er zeker van te zijn dat ze zonder reserve zouden werken, en belde Fred en vroeg:

'Luister naar me, Fred.' Wilt u begraven worden op het kerkhof van deze prachtige stad? Ik heb het gezien en het is prachtig. Het krijgt de volle zon en is heel goed verzorgd.

Fred gaf een zure knipoog en antwoordde:

'Ik heb geen haast om daarin als huurder te worden geteld.' Waarom vraag je dat?

"Om het te weten." In dat geval, doei. Ik laat jou de leiding over de ranch over, en als ik niet terugkom, nou... nou; Aangezien je geen verplichtingen hebt, kun je hem naar de hel sturen.

Fred greep haar bij de arm en riep woedend uit:

"Kom hier, klootzak." Waar ga je heen?

"Maak je niet druk. Dat is mijn ding.

"Luistert. Als je overweegt om in een puinhoop terecht te komen waar je ophef moet maken en niet op mij hoeft te rekenen, zweer ik je dat je hier niet weggaat, want ik stuur je met een klap een maand in slaap.

"Maak je niet druk. Er zal geen vechtpartij zijn. Er zullen schoten en volkstellingskandidaten zijn vanaf de begraafplaats van Whitebills. Dat past niet bij jou.

'Nou, dat gedoe over dat ik niet ga, laten we het daarbij houden. Ik hou meer van stoten, maar als er mensen zijn die lood beter verteren, waarom zou je ze die smaak dan niet geven? Waar gaat het over?

'Ongeveer tweeduizend vijfhonderd dollar.'

'Ga je een ranch overvallen?

'Nee, maar de sheriff heeft me dat verzekerd in een gokhol in deze landelijke stad voor de uitstekende bandiet Ray Garson, die vijfhonderd stuks vee van Ben heeft gestolen.' Dat cijfer, bij vijftig dollar, betekent vijfentwintigduizend. Ray speelt hard in het gokhol, en hij speelt omdat hij goud heeft van veeteelt. We hebben tweeduizend vijfhonderd dollar nodig en ik heb gedacht dat Ray degene is die het moet leveren.

'Niets dan dat klote geld? Nee, zoon, daar ben ik niet tevreden mee. Je moet de vijfentwintigduizend losmaken, plus de inkomsten, en als je dat niet doet, sla ik je op de grond.

'Weg met dat idee, Fred.' Er zullen geen klappen vallen. Er zullen schoten en vet zijn. Ray is niet de enige; Hij wordt vergezeld door drie of vier leidende schutters en die zullen snel en goed moeten schieten. Maakt het je?

"Laten we een beetje repeteren." Je weet dat ik nog steeds niet schiet zoals jij; Maar als je me de drie of vier schutters laat en je aan Ray opdraagt, denk ik dat de zaak netjes kan worden opgelost.

"Nou, lopen." Het is vandaag zaterdag en de tent zal vol zitten. Laat ik beginnen met de vraag en niet naar Ray kijken als ik meedoe aan het spel. Bekijk zijn schutters en schiet voordat je erover nadenkt.

"Mee eens. We gaan erheen.

Beiden gingen naar de stad, niet erg druk, maar aangezien het de thuisbasis was van nogal dubieuze elementen, altijd bezitters van slecht "gekregen geld en cowboys die bereid waren hun loon prijs te geven om het goud te winnen, was de gokbusiness behoorlijk druk in Whitebills.

Het belangrijkste was om te weten waar Ray stopte; maar Rufus Harma wist hen van twijfels en leidde hen naar "The Gold Nugget", gelegen in de hoofdstraat.

Toen ze allebei de stoffige straat bereikten en voor het etablissement stopten, merkten ze dat het behoorlijk druk was. Meer dan een dozijn paarden waren opgesloten naast de veranda, en van binnenuit kwam het gedempte gemompel van luide gesprekken, luid en ruw gelach, de vloeken van enkele dronkaards en het hele scala aan geluiden die typerend zijn voor zo'n etablissement.

Bud, zijn hand op zijn heup, duwde de deur open en ging naar binnen, gevolgd door Fred, die zich achter hem leek te verschuilen. Het etablissement was gesluierd door een dik rookgordijn dat het moeilijk maakte om de klantenkring te onderscheiden.

Bud stond samen aan de toonbank en bestudeerde de topografie van het land, en Fred bekeek de klanten die zich het dichtst bij de deur bevonden.

Plotseling zag hij dat iemand de rand van de hoed naar voren kantelde en toen zijn stoel verliet en heimelijk de deur bereikte. Terwijl hij dat deed, herinnerde Fred zich de trekken van de voortvluchtige en, dichter bij Bud's oor, zei hij...

"Doe nog niets, wacht op mij." Ik ga een dringende kwestie oplossen; Ik ben zo terug.

Bud probeerde om uitleg te vragen, maar het mocht niet baten, want Fred had de fairway al gewonnen en verdween verzwolgen door de duisternis.

Bud verstijfde en vroeg zich af welke zaken zijn vriend ertoe zouden hebben gebracht de herberg op zo'n kritiek moment te verlaten; maar zich met geduld bewapend, wachtte hij.

Kort daarna kwam een echo van een ontploffing van buiten, die, hoewel het iedereen dwong instinctief het hoofd te draaien, niemand ertoe bracht naar buiten te gaan om te zien wat er aan de hand was en twee minuten later verscheen Fred weer terwijl hij zijn pijp aanstak.

'Waar ben je in godsnaam heen? vroeg Bud rustig.

'Om een zenuwpijnstiller te geven aan een kerel die een beetje losgeslagen was.' Gelukkig kwam ik op tijd en de arme man zal er geen last meer van hebben.

"Dus... dat schot..."

"Het was de enige pijnstiller die ik nodig had." Het was een van de boerenjongens, die, toen hij ons zag binnenkomen, naar buiten rende, ongetwijfeld om versterkingen te gaan zoeken en een val voor ons te zetten. Ik zag hem op tijd, volgde hem en... voordat hij er zelfs maar aan had gedacht het pistool te trekken, diende ik de dosis toe. Nu kun je de dans beginnen wanneer je maar wilt.

"Bedankt, Fred." Je bent een geweldige man.

"En een hoorn! Zeg me dat, als je kunt, wanneer dit feest eindigt. Ah! ... Betreffende wat je me vertelde over het graf ... zorg er indien nodig voor dat de zon het goed geeft. Je weet dat ik het erg koud heb.

'Ik zal een kachel laten installeren, maak je geen zorgen.' Let nu op.

Hij liep soepel door het etablissement, totdat hij een deur bereikte die naar een grote kamer leidde die was gereserveerd voor gokken. Er was een tafel met een roulette en een andere waar de farao werd gespeeld, en de punten vormden een goede kern.

Bud kende Ray niet en moest uitzoeken wie hij was, maar hij hoopte dat iemand hem bij zijn naam zou noemen, wat genoeg zou zijn.

Inderdaad, op de tafel van de farao was een lange en flexibele persoon, ongeveer vijfenveertig jaar oud, met stalen ogen en ruwe, eeltige handen aan het snijden. Hij droeg twee enorme "Colts" aan zijn riem die elke keer dat hij zich bewoog tegen de tafel sloegen, en hij had een flinke hoeveelheid gouden munten voor zich.

Iemand belde om een onbetaalde weddenschap te claimen, en Bud glimlachte. De bankier was Ray en hij had geluk, want gezien zijn houding aan tafel was hij in een slechte positie om zijn wapens snel te trekken, misschien omdat hij, vertrouwend op zijn poster van een vreselijke man, niet eens in de verste verdenking had dat iemand zou iets tegen hem kunnen proberen.

Bud haastte zich niet. Hij had de outlaw ontdekt,   maar hij moest zijn bewakers lokaliseren en dit vereiste enige studie.

Maar het duurde niet lang om er een paar te ontdekken. Drie personen, die er verdachter uitzagen dan de rest, liepen om de schutter heen, alsof ze bang waren dat iemand de bank zou overnemen.

Bud heeft deze bekeken. Aan de hand van het aantal gestapelde munten berekende hij dat het meer was dan het bedrag dat hij had aangegeven, en om te voorkomen dat het bij een ongelukkige beweging zou afnemen, maakte hij zich klaar om te handelen.

Hij knipoogde naar Fred, die zich achter hem verstopte, en ik mompelde:

"Het lijkt mij dat die drie...

"Volg niet; ze hebben me de stank gegeven. Maak je maar zorgen om de jouwe, ik zal er wel voor zorgen.

Hij verschuilde zich in Buds lichaam, haalde de revolvers eruit, verstopte ze in de mouwen van zijn jas en manoeuvreerde zich achter de ruggen van de drie verdachten.

Toen glimlachte hij gelukzalig en zuchtte.

Bud, die erin geslaagd was op een strategische positie naar de tafel te gaan, legde een hand op de richel en toen het spel dat op stapel stond was afgelopen, trok hij snel zijn twee revolvers, presenteerde ze aan de tafel en riep:

"Een moment! Ik heb iets te zeggen tegen meneer Ray.

Hij probeerde op te staan om de revolver te trekken, maar Bud wees hem op zijn borst en zei:

"Niet bewegen, je kunt jezelf pijn doen." Ze zijn van 45 ...

De outlaw, die olijfkleurig werd, bleef gespannen, maar iemand legde zijn handen op zijn middel. Ze raakten echter ook de wapens niet aan, want een stem achter hen riep:

'Pas op, heren, u krijgt nefritis als u een verkeerde beweging maakt.'

Een enorme spanning verlamde alle ademhalingen. De stippen vermoedden dat er iets tragisch zou gebeuren, maar ze hadden geen idee wat.

Bud riep zacht uit:

'Meneer Ray, een paar maanden geleden zag u het gepast om van de 'Cruz Alta'-boerderij, toen eigendom van meneer Ben, en vandaag van zijn nicht, juffrouw Nancy, vijfhonderd stuks vee te nemen, wat bij vijftig dollar optelt Aangezien dit geld bij dat item hoort en eigendom is van de persoon die ik vertegenwoordig, ga ik er rekening mee houden en bij een andere gelegenheid zal ik terugkeren om de rest te zoeken.

Ray, verbaasd, was even gespannen omdat hij niet wist welke beslissing hij moest nemen. Van de vele vreemde dingen waarvan hij hoopte dat hem in zijn leven zouden kunnen gebeuren, was dit de vreemdste van allemaal, en zijn saaie mentaliteit kon er geen uitweg voor vinden.

Maar zijn zelfrespect als een man met een revolver aan zijn riem, stond hem die vernedering niet toe en bliksemsnel besloot hij wat hij moest doen.

Hij zonk materieel in de stoel om dekking op de tafel te zoeken en het lichaam van de kogels te stelen, in staat om van onder de tafel te schieten, en hij duwde het naar voren; Maar Bud, die iets soortgelijks verwachtte, profiteerde van zijn staan en leunde naar voren om de revolver met zijn eigenaardige snelheid voort te bewegen, en het schot raakte de outlaw-vierkant in het hoofd, zonder hem tijd te geven om te vuren. Zijn drie metgezellen, minachtend voor het gevaar dat Freds aanwezigheid voor hen vormde, wierp een van hen zich op hem, klaar om hem te ontwapenen. Twee opeenvolgende schoten sneden de actie van de twee dichtstbijzijnde af, maar de derde had tijd om zijn wapen te trekken om te vuren.

Hoewel het schot uit zijn revolver kwam, was het te laag, omdat Bud snel op hem had gericht terwijl hij naar zijn manoeuvre keek.

De drie gewapende mannen, op de grond gevallen, krabbelden in een poging het gevecht voort te zetten; maar Fred ontwapende er een met een trap en verbrijzelde de mond van de ander, terwijl Bud eindigde met een schot op de derde.

Paniek greep de klanten, die de gokkamer uitrenden en naar de herberg liepen, uit angst dat een verdwaalde kogel hen op hun pad zou vinden, en Bud en Fred merkten dat ze de baas waren in de kamer.

Het goud was op de grond gerold toen de tafel door Ray was omgegooid, en Bud nam heel scrupuleus meer mee dan wat van de bandiet was; Maar toen hij een beslissing moest nemen, telde hij snel hoeveel hij kon verzamelen, in totaal $ 4.221. De scorepunten waren relatief laag en na een mentale rekensom liet hij $ 1.221 op tafel liggen.

Toen keek hij de herberg in en riep uit:

'Heren, ik wil niets dat niet van mij is.' Ik laat 1221 dollar voor elk achter om de positie in te nemen die ze hadden ingenomen. Als iemand denkt dat er iets ontbreekt, vraag er dan naar voordat we gaan.

Fred merkte op dat niemand een beslissing nam, stapte naar voren en nodigde hen uit:

"Alsjeblieft, één voor één." Jij, hoeveel had je erin gestopt?

"Vijf dollar.

"Zoals die. Anders. Jij, hoeveel?

'Zeven dollar.

Toen iedereen had gemarcheerd, was er $ 55 over. Fred, als op een veiling, vroeg:

"Maak spel! Mist er niemand om te claimen?

Omdat niemand protesteerde, liet hij de rest zeggen:

"Nou, heren, hartelijk dank." De rest is van ons. Toen, terwijl hij tien dollar op de toonbank gooide, waarschuwde hij:

"Voor sommige kransen van evergreens." Het is aan het huis gewend.

En hij liep doelbewust naar de deur.

Bud volgde hem met revolvers in de aanslag, wendde zich tot de verbaasde menigte en zei:

"Heren, ik heb voorgesteld om de regio op deze manier van mobs te ontdoen en het zal me lukken." Ik waarschuw dat ik nog een inval zal doen wanneer ik het het minst verwacht. Als er nu nog eerlijke mensen in deze stad zijn en vooral mannen met twee vingers van moed en waardigheid, in de "Cruz Alta" ranch, die ik run, hebben we arbeiders nodig om me bij dat werk te helpen. Degene die zich aangesproken voelt, die morgen opduikt om een baan te vragen.

En de deur voorzichtig sluitend, ging hij de straat op. Fred, die niemand vertrouwde, riep uit:

"Schiet op Bud, anders beseffen deze mensen hoe gemakkelijk het is om $ 3.155 te pakken en ons te imiteren!"

En te paard galoppeerden ze weg van het gewricht.

HOOFDSTUK VII

FRED SANDERS HOUDENDE VAN TEMPERATUUR

De volgende dag, toen Bud het bed nog niet had verlaten, was hij zeer verrast toen Fred bezoek kreeg.

'Wat wil je in godsnaam, dat je me niet eens laat rusten als ik me op mijn gemak voel?

'Een patroon van jouw maat zou als eerste de navel moeten raken. Zie je me niet, klaar om naar de weilanden te gaan?'

'Goed, maar jij bent het en niet ik die naar beneden moet.'

'Goed, maar jij bent degene die de bezoekers moet ontvangen.' Kleed je alsjeblieft aan en ga naar het terras. Er is een grote commissie van zwaluwkinderen die met je willen praten.

Bud, erg geïntrigeerd, wierp zich van het bed en vroeg:

'Wil je jezelf uitleggen, verdomme je stempel? Wie zijn ze en wat willen ze?

"Ze zeggen dat ze cowboys zijn en ze doen alsof ze deel uitmaken van het team."

Bud staarde hem vragend aan.

'Wat vermoed je, pad uit de hel? Denk je dat het types zijn die door de veedieven worden gegooid?

"Ik vermoed niets." Ze lijken de gezichten van goede jongens te hebben; Maar vertrouw niet, die hel is gezaaid met goede bedoelingen.

Bud haastte zich naar de patio, waar acht jonge, stevige, knappe, lachende jongens te paard stijf stonden te wachten.

Bud bekeek ze met een diepe blik, tevreden met zijn foto, en toen hij hen naderde, vroeg hij:

"Wat wilden jullie?

Een van hen, die de vertegenwoordiging van allen aannam, riep met gebroken stem uit:

'Nou... we kwamen omdat... ze ons vertelden wat je gisteravond hebt gedaan.' "The Gold Nugget" en we wilden ...

Bud stapte naar voren en vroeg:

"Snel klaar! Wil je Ray's dood wreken?

De cowboy hief zijn armen naar de hemel en riep uit:

"God red ons! We komen omdat ons is verteld dat je hebt gevraagd om eerlijke mannen en ... iets dappers, die bereid zijn je te helpen en wij ... misschien kunnen we ...

"Bas! Ga niet verder, dat als het je zoveel werk kost om een os te koppelen als om jezelf uit te leggen, je me niet zult dienen. Het is waar dat ik het heb gezegd. Ik heb pionnen nodig om de schurken te vervangen die ik hier heb weggegooid, maar ik wil niet dat schurken de pionnen vervangen. Wij zijn?

"Wij zijn fatsoenlijke mensen." U kunt zich informeren.

"Natuurlijk zal ik." Je laat me je namen achter en ik zal het de sheriff vragen. Als hij me over jou antwoordt... Fred, neem hun ouders en laat ze vanmiddag terugkomen.

Fred nam de namen aan en de jongens vertrokken, blijkbaar erg blij.

'Het lijkt erop dat het geen bandieten zijn,' opperde Bud. Vanmiddag zal ik het weten.

Die middag ging hij inderdaad met de lijst naar het kantoor van de sheriff, die, zodra hij hem zag binnenkomen, met uitgestrekte hand naar hem toe kwam en zei:

'Bravo, meneer Raines! Ik feliciteer je uit de grond van mijn hart. Je hebt iets gedaan dat te groot is om toe te geven zonder het te zien. Ik geloof dat je met Ray's dood een verschrikkelijke slag hebt toegebracht aan de veedieven.

"Je gelooft het? Ik schat dat nu al degenen die verspreid zijn samen zullen komen en zullen proberen mij de beslissende slag te geven. Ik moet gewaarschuwd zijn en daarvoor kom ik bij je langs.

"Vertel me hoe ik je kan helpen."

"Acht jongens zijn naar de ranch gekomen om bij het team te komen." Ze hebben me hun namen gegeven en ik wil er eerst zeker van zijn dat het geen verdachte mensen zijn. Hier is de lijst.

Oakle nam de namen door, gaf hem de krant terug en zei:

'Ik denk dat je ze zonder zorgen kunt accepteren.' Ze zijn niet achterdochtig, hoewel ik niet denk dat ze allemaal geweldige cowboys zijn.

"Dat maakt me niets uit. Ze zullen leren. Om ze te leren, zelfs met vuisten, heb ik een voorman die geweldig is, lessen geeft met zijn vuisten. Het belangrijkste is dat je ze kunt vertrouwen.

'Ja, en sommigen scheppen op over kleine mannen.'

"Nou, een laatste gunst; ik heb een meid nodig voor de ranch, maar ik heb liever een puinhoop als het op schoonheid aankomt. Ik wil daar niet met rokken rotzooien.

"In dat geval kan ik je Ketty Grahan aanbevelen." Ze is een vrouw van in de vijftig, lelijk als koliek, maar schoon, hardwerkend en behendig. Ze woonde bij haar broer, die onlangs is overleden, en moet werken.

"Goed. Stuur haar daar morgen heen.

Bud verliet de kantoren en bezocht, om van de tijd te profiteren, verschillende kunstenaars in het dorp. De timmerman, een schilder, twee metselaars en een loodgieter. Hij was koppig in het snel opruimen en verbouwen van de ranch en wilde geen tijd verspillen.

's Middags kwamen de toekomstige arbeiders terug, ze werden opgenomen en met Fred naar de wei gestuurd. Dit zou verantwoordelijk zijn voor het trainen van hen in het geval dat ze een les nodig hebben om matig te beginnen te voldoen.

Die avond, toen de voorman terugkwam van de weilanden, moe van het geven van lessen aan enkele van de beginnende arbeiders, ging hij naar de kamer die Bud hem had toegewezen, en toen hij de kamer verliet, na zich omgekleed te hebben, struikelde hij om naar buiten te gaan. met Ketty. , het nieuwe dienstmeisje.

Fred wreef verschillende keren in zijn ogen om zichzelf ervan te overtuigen dat dit een vrouw was en geen dekmantel, en toen hij het zeker wist, rende hij als een gek naar Buds kantoor en drong hem binnen als een wervelwind:

"Hey jij; stuk kont! Wil je dat ik van angst sterf?

"Omdat?

'Maar heb je de moed gehad om dat menselijke wrak als dienstmeisje in te huren?' Heb je ooit geloofd dat dit een circus is? Maar hoe zit het met esthetiek, Bud? ... En waar heb je je gevoel voor versiering en liefde voor Schone Kunsten gelaten?

'Kijk, Fred, ga eten en val me niet lastig.' Wat wilde je dat een gevallen cabaret-engel je inhuurde voor je troost? Nee, jongen, hier moet formaliteit heersen, anders valt alles in duigen.

Fred wierp het vuur uit zijn ogen en riep uit:

'Die hebben ons? Is het dat omdat je verbannen bent, je denkt dat de rest van ons hetzelfde kwaad zal ondergaan? Nou, je hebt het mis, ik zal het je bewijzen.

En heel boos ging hij naar de eetkamer, waar de pioenen zich al hadden verzameld, spraakzaam en vrolijk, commentaar gevend op de dag van zijn debuut op de ranch.

Dagenlang werkten de arbeiders aan de decoratie van de hacienda tijdens gedwongen marsen. Bud wilde dit snel achter de rug hebben, zodat hij zorgeloos zaken kon doen.

Op een nacht, kort nadat de pioenroos uit de weilanden terugkeerde, hoorde hij een reeks kreten en berispingen vanuit de gang, en toen hij gealarmeerd uit zijn stoel stapte om de oorzaak te gaan onderzoeken, stormde hij Ketty zelf binnen, de oude meid. , die met grote ogen, snakkend naar adem en geheel naar adem snakkend, bescherming zocht in hem stamelend

'Alstublieft, meneer Raines, houd die gek vast.'

"Aan wie?

'Naar zijn voorman.' Oh meneer Raines! Je weet niet... Hij is een wilde... en ik... ik ben een fatsoenlijke vrouw...

Op dat moment kwam Fred, heel serieus, met een gezicht waarin een vlam van papaverresten leek te branden, het kantoor binnen en zei heel serieus:

'Kom op, Ketty, doe niet zo preuts.' Je weet dat ik smoorverliefd op je ben, en ik ben een heel belangrijk man op deze ranch om mijn liefde te verachten.

Bud staarde hem met grote ogen aan, niet zeker of hij in lachen zou uitbarsten of de inktpot naar zijn hoofd zou gooien, maar reagerend duwde hij de bange meid de gang in en zei:

'Negeer haar, mevrouw Ketty.' Fred houdt erg van grappen maken. Je zult hem leren kennen.

'Maar... hij wilde me wel kussen!'

"Ik twijfel er niet aan. Hij vertelde me dat je hem veel aan zijn arme grootmoeder doet denken, en dat maakt hem sentimenteel.

De goede dame verliet het kantoor achterdochtig en Bud, tegenover Fred, riep geërgerd uit:

'Kom op, Fred, je bent te oud voor zulke grappen!'

"Wat een grappen of wat gekookte bessen! Liefde is blind! Je duwt me in de afschuwelijke afgronden van de antediluviaanse liefde, en ik...

'Maak dat je wegkomt, nepper! schreeuwde Bud en bedreigde hem. En luister goed naar mij; Terwijl je die trucjes opnieuw probeert om die ongelukkige vrouw de post te laten verlaten, zweer ik je dat ik zal zoeken naar een andere die ouder en gruwelijker is, om te zien of je echt sterft van schrik.

"Het is in orde. Is dat jouw uitdaging? Nou, ik accepteer het.

En hij vertrok met waardigheid, in zichzelf lachend om de slechte tijd die hij de ongelukkige meid had aangedaan.

Dagen later was de ranch getransformeerd. Reinheid en versiering hadden vuil en verwaarlozing vervangen. De muren waren wit als zoutmijnen, de deurposten groen geverfd, de reling ook geverfd en gerenoveerd met potten en planten die het nooit had gehad. De ramen hadden gordijnen; de bedden, nieuwe kleren en meubels hadden een nieuw patina gekregen dankzij de vernis die erop was gebruikt.

Bud had een van de kamers met ramen op het zuiden lichtgroen laten schilderen. Er was een mooi vrolijk notenhouten bed met alle nieuwe apparatuur erin geïnstalleerd, evenals een grenen gootsteen, een bijzettafel en een afgeschuinde maankast. Een klamboe bedekte het bed om midzomernachten te beschermen tegen parasieten.

Bud had deze belangrijke hervorming voorbehouden, maar Fred, die snuffelde in wat er was gedaan, vond hem geschokt.

'Ben je een jonkvrouw uit het Oosten geworden om deze birria-kamer te reserveren? vroeg hij verbaasd.

Bud, blozend, schreeuwde:

'Hou je mond, snooper uit de hel! Ik hoef u geen uitleg te geven.

'Dit is wat ik moest zien! Fred mopperde. Een man die beweert ter wereld te zijn gekomen met de "Colt" in zijn hand, bang voor muggen! ... Waar heb je de compact en de lipstick verstopt?

'Wil je je mond houden en naar de hel gaan?

'Ik heb er geen zin in, en nu vertel jij het me en ik vertrek! Ik dien hele mannen, niet de helft, dames.

Wanhopig stak Bud zijn vuist uit en liet die op Freds voorhoofd vallen. Hij krabbelde op en sloeg hem recht op zijn borst, en ze raakten elkaar door de gang, totdat ze in Buds kantoor belandden, waar hij met een flinke klap op de bank viel.

'Naar de hel met jou! brulde Fred. De rekening, nu!

'Ga weg, of ik schiet je neer en ik maak je kapot, klootzak! Heb je niet begrepen dat ik die kamer heb klaargemaakt voor de dag dat ik ga trouwen?

Fred barstte in lachen uit en zei:

'Met wie ben je van plan te trouwen, met die heks die je als dienstmeisje hebt meegebracht? Daarom was je jaloers dat ik met haar vrijde. Omdat het niet met die is, voorspel ik dat je niet zult trouwen ...

Hij kon de zin niet afmaken. Ze moest opstaan en de deur dichtslaan om te voorkomen dat ze de inktpot zou pakken die Bud vanaf de andere kant van de tafel naar haar had gegooid.

Fred verscheen twee dagen niet voor Bud. Als hij terugkwam van de weilanden, dineerde hij met de pioenen en trok zich dan stilletjes terug in zijn kamer zonder een woord met zijn vriend te wisselen.

Maar deze schonk geen aandacht aan hem. Hij had belangrijkere dingen te doen en hij wist dat de woede van zijn opzichter meer geveinsd dan echt was, ongetwijfeld om hem ongerust te maken.

Bud leed aan verschillende obsessies, die hem wakker hielden. Een daarvan was de mogelijke verwerving van een stuk land grenzend aan de ranch, wat hem verschillende winsten zou kunnen opleveren. Een andere, om zijn weiden te vergroten in een verhouding die hem in staat zou stellen een groter aantal runderen te hebben zonder zorgen; zorg dan voor water voor hen, want er liep een prachtige stroom doorheen, zodat ze op een dag konden twisten of iemand door zou gaan om het land te verwerven en, ten slotte, hun vee veel beter zouden beschermen, aangezien de strook land een natuurlijke barrière van ruwe hellingen had, dat zou dienen om daar de mogelijke actie van de veedieven te snijden.

De andere obsessie ging hand in hand met deze, aangezien beide elkaar konden aanvullen. Het was dat hij tijdens een van zijn lange paardrijtochten rond zijn boerderij, tussen de canyons, canyons en ravijnen van de nabijgelegen bergen, enkele paarden in het wild had ontdekt, en er werd gezegd dat, als hij erin slaagde ze te vangen en te temmen , de winst die de verkoop ervan opleverde, kon worden gebruikt om het aangrenzende land te verwerven en het aantal vee uit te breiden, waardoor de boerderij plotseling meer waarde kreeg, zonder geld uit te geven dat hij niet had, of maanden en maanden te wachten voordat de alleen het bedrijf zou dat problematische nut opleveren om het bedrijf uit te breiden.

Bud had de vondst voor zichzelf gehouden en wilde het niet aan zijn voorman melden voordat hij alle gegevens had die nodig waren voor een succesvolle onderneming. Als er echt een goede kudde wilde hengsten was, wilde hij zichzelf ervan overtuigen, de plaatsen bestuderen die ze bezochten, het terrein observeren om dat problematische nut om te verbreden klaar te maken, en overgaan tot het vangen ervan.

Dit werk kostte hem vele uren speuren en observeren, totdat hij op een dag triomfantelijk terugkeerde naar de ranch. Hij wist alles wat hij nodig had en vond het bedrijf gemakkelijk genoeg. Hij had ontdekt dat de paarden naar beneden gingen om te drinken in een poel die tussen kliffen was ingesloten. Deze redoute had een smalle uitgang naar het oosten en de ingang aan de andere kant. Als de uitgang was gesloten en ze werden lastiggevallen door de ingang, zouden ze worden opgesloten in een grote natuurlijke kraal, waar het koppelen van hen niet menselijk zou zijn.

De dag dat hij klaar was met zijn observaties was zaterdag en toen hij 's avonds laat terugkeerde naar de ranch, besloot hij Fred te bellen en hem verslag te doen van zijn project.

Hij was er zeker van dat de kieskeurige voorman blij zou zijn met de ontdekking en, met een grote passie voor paarden, een enthousiaste hulp zou zijn bij het vangen en temmen ervan.

Maar toen hij Fred liet komen, vertelden ze hem dat hij verkleed was en samen met het team naar het dorp was gegaan.

Bud, in een slecht humeur, legde zich erbij neer om zijn plannen uit te stellen tot maandag. Hij kon zijn voorman niet dwingen om constant in de gaten te houden op de ranch en gaf hem het recht om plezier te hebben zoals elke man onder zijn bevel.

Hij nam de tijd om zijn plannen uit te werken, tekende een schets van het terrein, markeerde de plaats van de val, waar deze moest worden gesloten en de plaats waar ze moesten worden opgesteld om de kudde lastig te vallen, en vermoeid ging hij slapen.

Zondag was saai paardrijden en ging relatief vroeg naar bed, uitkijkend naar maandag voor de spannende jacht.

Die nacht, en laat in de nacht, werd de kok, die in een schuur bij de palissade sliep, geschrokken wakker toen hij hoorde dat er met geweld op de deur werd gebonsd en met zijn revolver, zoals Bud hem had bevolen, ging hij naar de deur. . en voordat hij openging, vroeg hij:

"Wie gaat?

'Nu open, kreupel van de duivel! Riep Freds smerige stem. Kent u de rechterarm van de keizer van deze ranch niet?

Bill schrok een beetje toen hij Fred hoorde. Het was de eerste keer dat hij hem dronken zag, maar hij voerde het bevel snel uit.

Toen hij de deur opendeed, was hij diep verbaasd. Iemand anders reed op Freds paard, en te oordelen naar de vormen, was het een vrouw.

Fred zette het paard het erf in en, afstijgend, riep hij uit:

'Wacht even, koningin van het Westen, nu ga ik een onderkomen voor je klaarmaken dat je royalty waardig is.'

Bill staarde naar de Amazone en maakte een verbijsterd gebaar. Ze was een jong en goed geschilderd meisje, gekleed in de meest frivole outfit die men zichzelf kan geven, en de peon aarzelde niet om haar onder de avonturiers te plaatsen die in de gokhuizen van de stad dienden om het leven van de peons op te fleuren.

Fred nam haar in zijn armen, steeg als een veertje van haar af en, terwijl hij haar om haar middel bond, zei:

'Kom deze kant op, stukje hemel.' We gaan de bebaarde boeman op deze verdomde ranch verrassen en hem laten zien dat Fred Sanders ook een uitstekende smaak heeft voor het kiezen van meisjes. Vannacht ga je slapen in de meest koninklijke kamer in dit paleis ... Dat is het!

Bill probeerde in de weg te lopen, maar Fred schreeuwde boos:

'Ga weg, kreupele duivel, of ik geef je een kans die de andere riem zal bederven!

Bill gaf het op voor zijn houding, en Fred, die het meisje meesleurde dat een beetje verbaasd leek, dwong haar de trap op te gaan, tot ze de bovenverdieping bereikte, waar Fred zijn slaapkamer had.

Hij stopte bij Bud's deur en, fel op haar beukend, schreeuwde:

"Jood uit de hel, sta op en doe open, ik ga je de grootste verrassing van je leven geven!

Bud schrok wakker van Freds gebons en geschreeuw en trok aan zijn broek en ging de gang in.

De jonge man bleef achter als iemand die visioenen ziet toen hij werd geconfronteerd met Fred, die gedwongen was tegen de muren te leunen om zijn evenwicht te bewaren, en nog meer toen hij het meisje observeerde, dat hem met grote ogen aankeek.

Bud wendde zich woedend tot zijn voorman en schreeuwde:

'Maar ben je gek geworden, Fred?'

"Boos? Ja natuurlijk. Gek van liefde. Zie je het? Wat heb je te zeggen over deze engel in een avondjurk? Jij houdt niet van? Wat is er mooier dan dat groteske dat je ons hebt gebracht om onze ogen bitter te maken? Nou, kijk er eens goed naar, maar meer niet, want het is voor mij alleen. Dat is het... Ik ga haar hier installeren als een prinses voor mijn enige pauze en nu ga je me de sleutel geven van die lege gouden kooi die je hebt, want voor wie beter dan voor een engel als dit?

Bud kwam buiten zichzelf naar hem toe met gebalde vuisten en brulde:

'Wat ik je ga geven is een stomp in die paddenbek die je hebt, zodat je kunt leren drinken.'

"Naar mij? Probeer en zie hoe...

Hij had geen tijd om meer te zeggen. Bud stak zijn vuist uit en greep Fred bij de kin, die als een bundel in elkaar zakte.

Het meisje slaakte een kreet van afschuw; maar Bud stelde haar gerust en zei:

'Maak je geen zorgen, er is niets aan de hand. Het is het enige wat ze nodig had om haar te laten slapen die dromen van liefdevolle grootsheid die haar plotseling zijn binnengekomen, en wat jou betreft, het spijt me zeer, maar ik kan je niet verwelkomen op deze ranch. Er zijn hier alleen mannen die genoeg van hun temperament hebben om geen stimulerende middelen nodig te hebben.

Ze protesteerde in wanhoop tegen de bespotting die ze had ondergaan; maar Bud, onbuigzaam, duwde haar naar de trap en riep Bill, beval:

'Hier, Bill, geef deze jongedame die vijf dollar om haar te troosten voor de reis en leg het voorzichtig op het hek.'

Bill gehoorzaamde het bevel ondanks haar protesten, en toen hij haar aan de andere kant van de deur achterliet, viel hij in slaap, zich afvragend wat er de volgende dag zou gebeuren als hij geconfronteerd zou worden met de voorman, vrij van de dampen van de voorman. alcohol.

Bud gaf niets om zijn voorman. Hij zette hem neer waar hij was en trok zich terug in zijn kamer, terwijl hij zichzelf overgaf om te slapen.

Toen hij heel vroeg opstond, was hij er nog, en nam een emmer met heel koud water uit de patio-bassin, gooide die zonder enige contemplatie in zijn gezicht en dwong hem te springen als een dok.

Fred, druipend van het water, rillend van de schok en met grote ogen van verbazing, staarde naar Bud, niet begrijpend wat er gebeurde, totdat hij, reagerend, woedend werd en riep:

'Wat ben je aan het doen, klootzak? Wat denk je dat ik ben? Een dorstige kikker?

'Wat jij bent is een dronkaard zonder schaamte, en op mijn ranch wil ik geen dronkaards.' Maak je klaar en ga je bagage voorbereiden, je gaat hier weg.

Er lag zo'n ernst op Buds gezicht dat Fred verontrust uitriep:

'Maar Bud, ben je gek geworden?' Wat heb ik je aangedaan dat je me zo behandelt?

"Wat heb je me aangedaan? Denk je dat ik gisteravond kan verdragen?

'Maar wat was er gisteravond?'

'Weet je niet meer dat je zo dronken als een ton kwam, met een engel uit ik weet niet wat hel op de rug en je probeerde hem onder te brengen in niets meer dan in mijn gouden kamer, zoals je mijn privékamer noemt?

Fred keek hem verbluft aan en stamelde:

'Heb ik dat gedaan, Bud? Zweer me dat ik heb! Maar ik geloofde wel dat ik had gedroomd dat...

"Hou op! Als je een harem wilt opzetten, zoek dan een gokhol in de stad, en je zult daar de koningin zijn. Niet hier.

Fred was er kapot van. Hij herinnerde zich het baden niet meer en realiseerde zich niet meer dat hij rilde als een pasgeboren hondje.

"O, Bud! Hij riep uit. Ik zweer dat ik niets weet over wat je me vertelt. Je begrijpt het natuurlijk niet. Een man is een man. Je moet afwisselen wanneer de gelegenheid zich voordoet. Iedereen kan nog een glas drinken. Dan heb je lief... Daar ben je een kluizenaar voor, maar ik..., ik ben een man en...

'Ga naar de hel, stout beest! schreeuwde Bud, zich realiserend dat als hij zo lang door zou gaan, hij een longontsteking zou krijgen.

"""Goed; omdat je het wilt, zij het. Ik zal gaan. Het enige waar ik spijt van heb, is dat ik je alleen laat voor de wereld ... Wie gaat je zeem beter en eleganter schudden dan ik?

'En wie schiet er anders in je mond dan ik, als het lang duurt voordat ik uit mijn zicht ben verdwenen? schreeuwde Bud en duwde hem de trap af.

"Nou, oké, boeman." Nou, je veronderstelt niet weinig omdat ze je de parodie van een ranch hebben gegeven! Als je aan het eind van de dag krijgt wat ik...

"Je gaat? riep Bud buiten zichzelf.

"Ja, man, ja, ik ga." Maar je komt me zoeken en je zult me niet vinden. Ik ben de beste voorman van het hele Westen, ook al wil je dat niet. Ah! ... en de knapste. Je hebt het al gezien. Vrouwen worden op mij verloot. In plaats daarvan, jij... je weet alleen hoe je schoten moet lossen en schutters moet doden. Bah! Een leven als het jouwe is klote!

Bud trok aan een van zijn laarzen en gooide die naar zijn hoofd; maar Fred ontweek de klap en daalde rillend en lachend neer om de driftbuien van zijn metgezel.

HOOFDSTUK VIII

Vijfentwintig MAS

Fred negeerde Bud's bevel en ging naar de wei, er zeker van dat hij die zwarte tijd zou doorkomen, en Bud was daar blij om, want diep van binnen koesterde hij geen wrok tegen Fred, wetende dat hij geen man was. dol op drank.

Toen hij 's avonds terugkwam, ging hij rechtstreeks naar het kantoor van Bud en zei heel serieus:

"Nou, oude vriend; ik hoop dat je de basca bent gepasseerd en dat je me dat gisteravond hebt vergeven. Nu zweer ik je dat het iets onvoorziens was en dat het niet meer zal gebeuren.

"Het is in orde. Ik wil geloven dat het zo is en ik neem het voor lief. Luister nu. Morgenochtend heb ik de acht beste pionnen nodig om te rijden. Ik heb iets aan mijn handen dat formidabel is.

"Waar gaat het over? Vroeg Fred, geïntrigeerd.

"Van jagen tegen zeer lage kosten, twee dozijn prachtige wilde paarden."

"Verdorie! Is dat echt, Bud?

'Zoals ik je zeg.

'Nou, vertel me over je ontdekking.' Dat is geweldig, Bud!

Hij besefte hoeveel hij had geobserveerd en liet hem het plan zien dat hij voor de jacht had opgesteld. Fred bestudeerde hem met fonkelende ogen.

'Goed, jongen,' zei hij. Als je die twee dozijn hengsten vangt, ben je gered. Als ze getemd zijn, kunnen ze heel goed twaalfduizend dollar waard zijn.

"Ik heb dat berekend en met dat geld zullen we de weilanden naast de onze kopen, zodat we de zomer van water kunnen voorzien.

'Goed bedacht, Bud.' Het lijkt me dat we die oude vrek met de pook op de knokkels gaan slaan.

"Laten we geen projecten doen, Fred moet de paarden hebben."

"Wij zullen." Maar eerst moet je de val beveiligen. Laat me de uitgang naar mijn zin sluiten.

Fred marcheerde de volgende dag naar de locatie die Bud had aangegeven en overzag het terrein. De jongeman had zich niet vergist en de val kon prachtig zijn.

Met de hulp van twee arbeiders hakte hij een paar stevige bomen om, die hij aan de grond spijkerde en vervolgens over dunnere bomen schoof. Verder nam hij wat stukjes draad uit de magazijnen en bekleedde de gaten, en ten slotte maakte hij beugels die de val tegen een poging tot breuk beveiligden door hem van buitenaf vast te houden.

Twee dagen later verlieten Bud, Fred en acht peons de ranch voor zonsopgang en namen posities in om het terrein te omcirkelen waar de paarden zouden verschijnen. Goed verstopt en zich ten gunste van de lucht positionerend om niet ontdekt te worden door de fijne neuzen van de hengsten, wachtten ze geduldig met de banden aan de zadels vastgemaakt.

Om elf uur 's ochtends verscheen er een prachtig exemplaar, wit als sneeuw. Hij kondigde hun komst aan door met zijn machtige hoeven op de leisteen te slaan en ze haastten zich allemaal om de hoofden van hun rijdieren te bedekken, zodat ze niet zouden worden aangeklaagd.

Het paard bereikte het einde van een helling en stond als een standbeeld, speurde ongemakkelijk de lucht af, maar het zei niets omdat de pionnen zich zo hadden opgesteld dat hij hun geur niet naar zich toe kon dragen.

Stil, zo lijkt het, liet hij een hoge hinnik los die weergalmde als het trillen van een bugel door de holtes van de kliffen en, kort daarna, het galopperen van een kudde die als een naderende donder op de lei van het pad hamerde, totdat, Ze verschenen op een hoop, verdrongen elkaar woedend en speurden ongemakkelijk de lucht af.

Bud en Fred, die bij elkaar bleven, wisselden stille bewondering uit bij het zien van hen. Ze waren allemaal prachtig en er waren zwart, zoals nacht, baai, wit, wit, geschilderd, met grillige vlekken en van verschillende hoogtes.

Bud moest op zijn lip bijten om stil te blijven en niet vooruit te lopen, terwijl Fred, met de lasso in de hand, vanachter een rots naar buiten gluurde en het pad van de hengsten volgde.

"Vijfentwintig! mompelde hij. Nog een van de rekening.

De dieren daalden af naar de andere kant van de helling en liepen langs enkele paden naar de vijver. Dit was in een klein ravijn en verderop leidde een smalle kloof naar de val die ze hadden voorbereid om ze in het nauw te drijven.

Bud wachtte tot ze het ravijn waren binnengegaan, waarvan de andere uitgangen werden genomen door de peons, en toen iedereen binnen was, lanceerde hij zijn paard in galop, gevolgd door Fred's en vuurde een schot in de lucht als een signaal voor de peons. te manoeuvreren.

Het schot deed de hengsten in opstand komen. Zijn baas strekte zijn oren uit, hinnikte luid van woede en draaide zijn rug om te ontsnappen, maar toen hij geconfronteerd werd met Bud en Fred, zwenkte hij om en zocht een andere uitweg.

Terwijl ze naar de gaten in de kloof zochten, verschenen er pionnen die hen porden voor hen en de dieren, gek geworden, die geen andere vrije uitgang vonden dan de kloof, wierpen zich tumultueus erdoorheen, terwijl de pionnen hen volgden om de terugtocht te vermijden. Maar de witte paard, dat gevaar voelde, draaide zich woest om en toen hij Bud en Fred in het midden van de vallei zag, schoot hij naar hen toe en probeerde ze te passeren.

Bud realiseerde het zich, maakte zijn lasso gereed en slaagde erin hem met een geweldige inspanning bij de nek te vergrendelen, maar dit was niet genoeg en de hengst, krachtig, trok aan de lasso toen hij op het punt stond Bud uit het zadel te rukken.

De ruiter gaf zijn paard de sporen en probeerde hem in de galop van de hengst te laten rennen, wat niet mogelijk was en hij zou hebben moeten loslaten als Freds geschikte lasso niet op hem was gevallen, waardoor de prooi werd versterkt.

De nobele bruut verdedigde zich meer dan een kwartier als een beest, maar uiteindelijk verslagen, schuimend uit zijn mond en lippen en met bebloede ogen, stond hij stil, alsof hij zich bij zijn lot had neergelegd.

Beter op slot, werd hij meegenomen naar de kloof waar de pioenen, gek van vreugde; Ze hadden de hele kudde in het nauw gedreven en sloten het hek af met krachtige boomstammen die de dag ervoor al waren aangelegd. De opsluiting was prachtig geweest en nu bleef het alleen nog om ze een voor een op slot te doen, een geschikte plaats voor ze te vinden en door te gaan met hun training.

Omdat niemand van die magnifieke jacht had gehoord, liepen ze geen gevaar te worden beroofd, maar voor meer veiligheid bewaakten twee arbeiders de val dag en nacht, terwijl de anderen, in hun vrije uren, 's nachts werkten en het tot de minimum. Omdat de bewaring van het vee essentieel was, bouwden ze twee grote kazernes om ze te huisvesten op basis van stevige boomstammen, onmogelijk om te slopen.

Met grote voorzorgsmaatregelen werden ze overgebracht naar hun nieuwe opsluiting en daar eenmaal daar, zette Bud zich onvermoeibaar in om ze te temmen met de hulp van Fred, die zoveel momenten als hij vrij had, als vele anderen naar de kazerne gingen, op zoek naar een paard om hem te laten wennen aan de beet, het zadel en het spoor. Het was geen luie taak, maar ook niet erg lang. Ze werden allemaal volgzaam na een half dozijn pogingen om het zadel en het bit te passen, en alleen de witte hengst was taai in de dressuur, waardoor Bud zweette zoals hij nog nooit in zijn leven had gezweet.

Maar beetje bij beetje gaf hij toe in zijn wreedheid, totdat hij uiteindelijk de meest volgzame en nobele van allemaal werd.

Toen hij tevreden was met het resultaat, zei hij tegen Fred:

"Ik had er vierentwintig en het waren er vijfentwintig." Ik zal deze aan Nancy geven zodat ze er trots op kan zijn om erop te rijden.

'Maar je doet het toch niet voor de bruiloft?' vroeg Fred. Pas op, wat gebeurt er met iemand die brood geeft aan de hond van iemand anders...

Bud antwoordde niet; maar ze besloot na te denken over wanneer ze het geschenk zou geven.

Op dit moment was hij niet van plan om dat te doen. Old Big had na die beledigende brief geen teken van leven meer gegeven en hij zou niet degene zijn die zich zou verlagen om zijn daden uit te leggen.

De stem van de prachtige jacht die werd uitgevoerd, verspreidde zich door het dorp, tot grote ergernis van Bud, die zich er ongemakkelijk bij voelde, en meer dan één toeschouwer gluurde door de weiden om een kijkje te nemen en het prachtige laken van zo uitzonderlijke paarden te waarderen.

Hierdoor stond Bud in brand. Hij wilde ze helemaal laten temmen om ze kwijt te raken, want zijn hart zei hem dat ze iets zouden proberen om hem van zijn schat te beroven.

De twee meest vastberaden pionnen van het team hielden dag en nacht de wacht, en zowel hij als Fred hielpen hen tot laat in de nacht bij deze taak; maar desondanks overheerste een levendige rusteloosheid hen.

Twee dagen later was de lucht bewolkt en naarmate de middag vorderde, dreigden de wolken, dikker, met water.

Bud, rusteloos, riep Fred en zei:

'Vanavond versterken we de bewaker in de loodsen en blijven we ook.' Ik vrees dat dit degene is waar ze misbruik van zullen maken om een gedurfde staatsgreep te plegen.

Vier pionnen bleven op wacht. Eén buiten en drie binnen, plus Bud en Fred, die zich tot de tanden hadden bewapend.

De duisternis was zo dicht dat de wachter geen drie meter afstand kon zien en hoewel hij zijn ogen deed openen, zag hij alleen een zwarte sluier die alles uitwist. Het was laat in de nacht toen de pion zich schrap zette met de revolver. Hij leek een aanraking op te vangen die langzaam naderbij kwam en hij was rusteloos en ongemakkelijk.

Nerveus, dacht hij achteruit te lopen en de schuren in te gaan om alarm te slaan; maar omdat hij de ingang niet onbewaakt wilde verlaten, aarzelde hij een moment en tenslotte, zelfs zichzelf blootstellend aan bespotting, spitste hij zijn oren, richtte zijn blik op de plaats waar hij de aanraking meende te voelen, en vuurde.

Ongetwijfeld hielp het geluk hem, want het schot werd gevolgd door een hese kreet van pijn, en onmiddellijk kwamen er verschillende ontploffingen uit verschillende plaatsen, maar rond de schuren.

De pion won met één sprong de deur en lag met het gezicht naar beneden op de grond en vuurde om te voorkomen dat de schuur zou worden aangevallen, terwijl Bud, Fred en de rest van de pionnen met geweren in de hand tevoorschijn kwamen en nerveus vroegen wat er was gebeurd .

De pion waarschuwde:

"Ga niet naar buiten." Ik voelde iemand kruipen en schieten. Ik moet hem pijn hebben gedaan, want hij kreunde. Er moeten er veel zijn en ze omringen de schuren.

Ze verspreidden zich zo goed als ze konden, en door de holtes van de bomen schoten ze willekeurig of geleid door de schittering van de flitsen van de aanvallers, omdat de dichtheid van de schaduwen het niet mogelijk maakte om het doelwit te fixeren. Het was een blinde strijd die lang duurde. Een kogel die door de open plekken sijpelde, bracht een pion uit de strijd, maar de belegerden moeten erin geslaagd zijn een vijand neer te halen, want ze hadden gebrul van pijn en staccato vloeken opgevangen.

Bud was woedend omdat hij zijn aanvallers niet kon onderscheiden of zelfs maar een uitweg tegen hen kon proberen en, voor het geval hij iets miste om zich ongemakkelijk te voelen, begonnen de paarden, doodsbang door het gebulder van wapens, vreselijk in hun stallen te bewegen en dreigden de obstakels en veroorzaken ze een verschrikkelijk conflict.

Ten slotte werd de vage lijn van de dageraad gemarkeerd in de duisternis van de lucht, en de schaduwen, gedeeltelijk verlicht, stelden de belegerden in staat enkele bundels te onderscheiden die zich voorbereidden om te vluchten toen ze zagen dat hun verrassingsplan mislukte.

Bud, onstuimig, legde zich er niet bij neer om ze te laten gaan zonder te ontdekken wie ze waren, en terwijl hij zijn mannen toesprak, riep hij uit:

"Wie mij wil volgen." Deze rovers moeten een lesje worden geleerd zodat ze het verlangen verliezen om het stuk te herhalen.

Te paard lanceerde hij zichzelf in de vallei, gevolgd door zijn mannen, en de "dieven", verrast door dit onverwachte vertrek, scheidden zich af en probeerden in de nabijgelegen bergen te verdwijnen.

Maar de woede van zijn aanvallers dwarsboomde zijn plan gedeeltelijk. Sommigen wisten aan de pesterijen te ontsnappen en verdwenen tussen de ruige bergen, maar vier beten in het stof zonder tijd om te vluchten.

Bud was op een van de voortvluchtigen gesprongen, getrokken door zijn zwartgevlekte kastanjebruine paard. Hij wilde zich herinneren waar hij die vreemde berg had gezien; Maar als hij dat niet deed, dacht hij dat hij door de berijder neer te schieten de twijfel zou wegnemen, en hoewel hij op het punt stond het slachtoffer te worden, slaagde hij erin een schot in de rug te plaatsen dat hem wierp. van het paard, als een pad in het land blijven steken.

Toen ze hem bereikte en hem omdraaide om zijn gezicht te onderzoeken, slaakte ze een kreet van wilde vreugde:

"Lowel! ... Ah, verdomde schorpioen, het is me eindelijk gelukt om de schuld af te betalen die je me schuldig was!

Toen hij werd herenigd met zijn mannen en een zoektocht werd geverifieerd, staarden vier lijken met hun glazige ogen naar de lucht. Ze waren allemaal van het oude ranchteam en door dit detail konden ze aannemen dat Lowell degene was die de aanval organiseerde.

Ze vonden ook in de buurt van de schuren het lichaam van de andere overvaller die door de pion was neergeschoten, en Fred, zijn hoofd krabbend, mompelde

'Verdien tien dollar, Bud.'

"Zodat? Vroeg de laatste verbaasd.

'Voor nog vijf kronen.' U weet al dat we die gewoonte hebben ingevoerd en die mogen we niet missen. Twee dollar voor elke pad hiervan is geen slechte prijs, Bud zou graag twee volle maanden betalen om het op zoveel jakhalzen van deze soort te kunnen toepassen.

'Oké, hier,' zei Bud terwijl hij hem het geld overhandigde, 'maar ze worden een ramp voor mij.' Vanaf nu verlaag ik de koers naar één dollar.

'Doe niet zo gemeen, Bud.' Begrijp je niet dat als ze ontdekken dat je zo gemeen bent in dat laatste eerbetoon, ze walgen en niet binnen het bereik van onze geweren willen komen? Als je lastige schoonvader er uiteindelijk voor gaat boeten!

Bud wilde geen ruzie meer maken en trok zich terug in de stallen, waar ze de hengsten gingen kalmeren, wat veel werk vergde.

Een week later sloot Bud een deal met een rancher in Las Vegas, Nevada, en gaf hij de wilde hengsten op voor de opvallende prijs van $ 12.111, waarbij hij alleen het witte paard behield, dat hij had gedoopt met de uitdagende naam 'Hurricane'. .

Toen hij merkte dat hij de eigenaar van het geld was, onderhandelde hij met de staat om het land grenzend aan zijn weiden te kopen, en een deel van de resterende rest werd gebruikt om een punt van jaarlingen te verwerven, die op een dag weldra de waarde van het eigendom zou verhogen door nogal wat. procent.

Hoewel Bud geloofde dat Big honderden mijlen verwijderd was van het kennen van de waarheid van zijn manoeuvres en zijn combinaties om de voorwaarden van het contract te vervullen en vooral om zijn "lastige schoonvader" een les in vindingrijkheid, durf en agressiviteit te geven, de waarheid was dat Big op de hoogte was van alles wat Bud aan het doen was, aangezien hij een hechte vriendschap had met de sheriff van Whitebills, die ervoor zorgde hem op de hoogte te houden van alles wat er op de ranch gebeurde en hem een bericht stuurde. wekelijkse brief waar Bud niet eens van op de hoogte was. verste verdenking.

En zo hoorde hij, evenals van de afwikkeling van de ranch, van de dood van de outlaw Ray, van de redding van die drieduizend dollar die zo nuttig voor hem waren geweest bij het redden van de eerste gekwelde kuil die zich aandiende, en, later over zijn lot. en sluw om de kudde hengsten te ontdekken en ze te vangen, zoals onlangs door de verkoop ervan en de verwerving van meer weidegrond en nieuw vee om aan de uitgeputte kudde toe te voegen.

Big wreef verrukt in zijn handen terwijl hij Buds agressiviteit en vasthoudendheid zag, maar hij bleef stil en gereserveerd voor haar nieuws. Hij geloofde hem zo ijdel dat hij niet aarzelde om zijn gezicht te wrijven met het succes dat hij had behaald met het vangen van de paarden en de verkoop ervan; Maar de dagen gingen voorbij en Bud was nog steeds zo strak als de bergen die de Grand Canyon omsloten.

HOOFDSTUK IX

ALS BUD-SALDO EEN ACCOUNT IN AFHANDELING

Op een ochtend belde Big, woedend, zijn dochter en liet haar een brief zien die hij zojuist had ontvangen van Oakle, de sheriff, en zei:

'Wat vind je van die gek? Nadat hij zich in de ruim vier maanden dat hij op de ranch is, niet heeft verwaardigd een woord te schrijven of verslag te doen, wijdt hij zich aan het lopen als een koning met die prachtige witte hengst die is gereserveerd, alsof hij echt de eigenaar is van alles en we verwerpen als een verachtelijk ding. Vindt u dat dat moet worden toegestaan?

Nancy, die al een tijdje in brand stond en naar Buds afwezigheid verlangde, antwoordde:

'Het is jouw schuld, pap.' Je hebt hem behandeld als de laatste pion op je ranch. Je hebt hem naar een bedrijf gestuurd waarin hij tientallen keren zijn leven heeft geriskeerd, de ranch heeft verbeterd, land, vee enz. heeft gekocht, allemaal zonder hem een cent te helpen, en nu klaag je omdat hij zijn successen voorbehoudt. Wat heb je gedaan om hem anders te laten gedragen?

'Ik moest je vluchten stopzetten, Nancy.' Je weet het. Hij is een vreselijke man en als ik hem op een dag vleugels geef, komt hij en zegt dat deze ranch ook van hem is.

'Het komt mij voor dat je hem heel oppervlakkig beoordeelt.' Ik geloof dat dit allemaal niets meer is dan secundair onderwijs. Bud is een sentimentele romanticus in hart en nieren.

"Zo romantisch dat hij de liefde bedrijven met de dochters van rijke boeren en op die manier zijn fortuin probeert op te bouwen."

"Geen onzin, papa." Je verdient wat van jou zal zijn.

"De jouwe? Zolang hij niet kruipend voor mij op zijn knieën gaat zitten, denk ik dat hij met het verlangen achterblijft.

'Je hebt een getekend contract met hem.'

"We zullen zien hoe het aan het eind van het jaar is bereikt." Ik ben bang dat het tekortschiet.

"We zullen zien. Ik denk dat het lang zal duren.

"Je bent een andere romanticus, die in hem alleen de heroïsche en verwaande man ziet, wiens successen schitteren met de 'Colt' in de hand. Voor nu, omdat ik moe ben van de behandeling die je me geeft, ga ik je een brief schrijven die je haar gaat verbranden.

'Pas op dat je niet antwoordt met nog een die je snor verbrandt en je weet niet hoe je erop moet antwoorden. Wat mij betreft, ik zal u zeggen dat ik deze vervelende situatie beu ben en dat het voor eens en voor altijd moet worden opgehelderd.

"Nou, nou, ik zal het opruimen, en vandaag."

En inderdaad, diezelfde dag schreef hij Bud een brief die als een tondeldoos zou worden.

De brief die Bud twee keer moest doornemen om zich van de inhoud te overtuigen, luidde als volgt:

"Geachte heer:

"Vier maanden geleden heb ik buitensporig veel vertrouwen in u gesteld en u het beheer van de boerderij van mijn dochter Nancy toevertrouwd, en dit is de datum waarop u nog niet het minste rekenschap hebt gegeven van de winst, noch hebt u mij tot in het kleinste detail geraadpleegd over wat te doen of niet te doen, in overeenstemming met de interesses van mijn dochter.

"Aangezien dit gedrag niet correct is, hoop ik dat u mij zo spoedig mogelijk een rekeningafschrift en een lijst van uw activiteiten om het onroerend goed te verbeteren zult sturen, wat ik ten zeerste betwijfel dat u dit hebt bereikt, aangezien uw stilzwijgen te welsprekend is in dat gevoel.

"Lou Groot."

Bud barstte los in een storm van vloeken tegen de lastige oude boer en, zonder verder na te denken, pakte hij zijn pen en antwoordde met de volgende brief:

"Geachte heer:

"Ik kan niet galant zeggen dat ik verrast was door de toon van je brief, want het is het enige wat ik van je kon verwachten, na je vorige date vier maanden geleden.

"U vraagt mij om een rekeningafschrift en aangezien het mijn plicht is om ze aan u te geven, hier hebt u ze:

"Voor het salaris van 14 arbeiders voor vier maanden, tegen $ 61 per maand ....
        3.361

"Voor het salaris van de voorman voor vier maanden, tegen $ 81 per maand ....
321

"Voor het salaris van mijn manager gedurende vier maanden, tegen een tarief van 100

dollar per maand

.... 400

"Voor een salaris van vier"maanden aan een assistent, tegen $ 20 per maand
.... 80

"Voor het onderhoud van 16 personen gedurende vier maanden, tegen een tarief van

16 dollar per dag 1920

"Voor het uitgeven van 25 kronen, tegen $ 11 per kroon, voor evenveel"

vijanden van zijn eigendom, die ik heb gedood met ontmaskering van mijn leven ...
250

"Totaal dollars 6.330

"Omdat het blijkbaar zijn fundamentele zorg is om deze schuld af te betalen, in het besef dat het bedrag zeer noodzakelijk zal zijn om aan de behoeften van de ranch te voldoen, voeg ik dit uittreksel toe, er zeker van dat hij me het bedrag met de snelste beschikbare middelen zal sturen.

"Je zou andere kleine uitgaven kunnen toevoegen, "de projectielen die zijn uitgegeven tegen het vijandige vee van je eigendom", maar deze kunnen wachten op het definitieve saldo.

"Met het beantwoorden van de hartelijke groeten die u mij namens u allen stuurt, blijf ik uw dienaar,

"Bud-ruïnes."

* * *

Toen Fred die avond van deze kwetsende correspondentie hoorde, was hij woedend tot op het punt van paroxysme over Bigs gemeenheid, maar hij lachte hardop om het harde en welverdiende antwoord.

'Dat is goed, Bud.' En ik denk dat je eraan moet toevoegen dat als ons salaris vanaf deze dag niet stijgt, we naar een andere, minder gierige ranch zullen gaan.

"Laat het zoals het is, het is al geserveerd. Met deze brief zijn er slechts twee houdingen: of om persoonlijk te komen om de zaak te bespreken of om de inhoud uiteen te spatten.

Bud had gelijk, want toen Big de brief kreeg, was hij oprecht verontwaardigd en gilde hij dat zijn eigen dochter bang was.

'Maar denk je dat dit te verdragen is, Nancy?' Dit is een belediging voor je vader, waar ik niet mee kan instemmen.

'Wat wilde je dat ik je het goud uit de Californische mijnen stuur?

"Nee! ... Maar het gaf me wel een echte rekeningafschrift en niet vals spelen. Waar is alles wat de ranch heeft opgeleverd en waarom ben ik me daar niet van bewust?

'Je weet waar het is: Oakle heeft het voor je gespecificeerd.' Hij heeft nieuw land gekocht, hij heeft meer vee gekocht, hij heeft de ranch gerepareerd. Dat is er allemaal. In plaats daarvan, wat heb je hem gegeven voor de verplichte kosten? Niets wat hij heeft gedaan is met ons geld gedaan.

'Hoe zit het met het geld dat je van Ray hebt gered? En degene die de verkoop van de paarden heeft geproduceerd? Is het dat je alles hebt gebruikt in wat je specificeert?

"Misschien niet; als hij dat had gedaan, zou hij geen ploeg meer hebben, geen voorman of dienstmeid, want niemand werkt zonder loon. Het is waar dat hij die verdiensten voor u heeft verborgen, dat ze niet echt aan de ranch, maar hij moet het vervelend hebben gemaakt voor je houding.In zijn tijd, wanneer hij het contract vervult, zullen ze naar buiten komen.

"   Zeker! Je moet hem verdedigen, wat ga je doen? Je bent meer geïnteresseerd dan ik... En deze slogan die bijdraagt aan de balans? Vijftig dollar voor kronen voor de doden! ... Gelooft men dat ik een filantropische begrafenisvereniging ben, dat ik iedereen moet kronen die sterft in die verdomde stad?

'Natuurlijk niet, houd er rekening mee dat hij verwijst naar de ongewenste dingen die hij heeft moeten elimineren om ons eigendom te verdedigen.

"Ik zou het graag zien... Vijftig dollar! ... Vijfentwintig kronen!" Maar wordt aangenomen dat ik het geld ga stelen om zijn verlangen te bevredigen als een man die honger heeft naar bloed zoals hyena's? Voor mij, laat hem ze doden; Maar laat hij in zijn graf een boeket wilde bloemen leggen, die binnen handbereik zijn en niets kosten. Hoe luxueus en zag het pistool "man komt uit mij!

Nancy, erg geamuseerd door de verontwaardiging van haar vader, vroeg:

"Wat ben je van plan te antwoorden?

"Wat ik van plan ben te beantwoorden, reserveer ik." In jouw dag zul je het weten.

'Nou, ik hoop dat je niet sterft aan een beroerte met het antwoord.'

"Ik hoop het ook." In plaats daarvan moet hij misschien lange tijd mediteren.

Big stond erop geen details te geven over wat hij van plan was te doen, en Nancy, erg geamuseerd door Buds antwoord, bereidde zich voor om hem te verlaten, niet zonder waarschuwing:

'Nou, aangezien hoffelijkheid moed niet verhindert, doe je de groeten als je schrijft.' Ik denk niet dat er een reden is om ze niet naar je op te sturen.

"Nee, diep van binnen, misschien niet, maar in de weg... Nou, ik zal zien wat ik doe."

Toen Big alleen gelaten werd, grijnsde hij. Hoewel hij zich zo verontwaardigd had getoond, was dit niet meer dan een masker. Hij hield van Buds energie en vooral van zijn bewezen vindingrijkheid om uit de slechte trance te komen waarin hij hem had gebracht en de echte waarde die hij aan de ranch hechtte.

Maar hij wilde hem vernederen en hem laten lijden voordat hij hem zijn dochter gaf, en hij geloofde dat hij dit tegen weinig kosten zou bereiken.

Na het vertrek van Bud had hij, op aanbeveling van een vriend, een nieuwe voorman aangenomen. Dit was een lange, sterke, dikke en taaie jongeman, die een ongewone kracht moet hebben gehad, en hij zou degene zijn die het antwoord naar Bud zou brengen.

Hij riep de voorman naar zijn kantoor en vroeg na een onderzoek om zichzelf ervan te overtuigen dat zijn projecten niet konden mislukken:

'Vertel me, William, zou je honderd dollar willen verdienen?'

"   Goh, baas, je vraagt je niet eens af!

'Goed, maar ik moet je waarschuwen dat je hem niet gaat winnen door alleen maar naar een rodeo te gaan.'

"Ik kan het mij voorstellen; maar ik hoop dat het iets is dat ik kan ontwikkelen.

'Aan zijn handpalm te zien, denk ik van wel.' Het gaat erom dat je een bepaalde man een pak slaag geeft.

"Niets meer dan dat?

"Niets meer. Het is algemeen bekend dat er geen vuurwerkspel mag zijn. Het moet met een schone vuist zijn, en als het je naast het slaan lukt om hem over het zadel van zijn paard te krijgen, zal ik honderd dollar aan het aanbod toevoegen.

'Voor die prijs draag ik hem op je schouders.' Over wie gaat het?

'Van mijn voormalige voorman, Bud Raines, die nu de ranch van mijn dochter in Whitebills runt.'

"Nou, ik denk niet dat het heel moeilijk is om hem met je vuisten te slaan, maar je vergeet dat Bud is geboren met de" Colt "in zijn hand en dat als hij gaat tekenen, dan ...

"""Het klopt niet. Je moet jezelf ongewapend presenteren. Zeg hem dat jij de leiding hebt om hem in elkaar te slaan en hem naar de ranch te brengen en je komt niet uit dit programma. Wees gerust dat Bud dan, en onder geen enkele omstandigheid, zo laf zal zijn dat hij op je schiet.

"Zeer goed. Nou, ik ga er meteen heen. Ik dring erop aan om die dollars zo snel mogelijk in mijn zak te hebben.

* * *

Bud bracht een paar rusteloze dagen door, zich afvragend wat Bigs reactie zou zijn na zijn brief en wat hij zou doen als hij zo werd behandeld.

Ze maakte zich geen zorgen over de houding van de oude boer, of wat hij van hem dacht, maar ze maakte zich zorgen over wat zijn houding Nancy's geest zou kunnen beïnvloeden. Zijn stilzwijgen had haar hart gebroken en ze vroeg zich af of ze door haar vader werd beïnvloed om nauwere relaties te beëindigen of dat ze inderdaad zouden proberen hem voor de gek te houden, in de veronderstelling dat hij onbekwaam was en niet in staat om het zware en gevaarlijke werk uit te voeren dat had gedaan. belasting.

De ochtend van de eerste zondag, vanaf de datum waarop hij zijn agressieve brief stuurde, bracht hem een onverwacht antwoord en een nog minder verwachte verrassing.

Fred, die nog niet het besluit had genomen om naar de stad te gaan, bang zijn gelijkmoedigheid te verliezen en opnieuw terug te vallen in een andere liefdesscène zoals die van de nacht van weleer, was in de tuin bezig met een paar kerels, toen hij ving de draf van een paard dat vertrok. Hij naderde en, verrast door een mogelijk bezoek, gaf hij zijn werk op en keek nieuwsgierig naar de poort van het hek.

Een imposant uitziende ruiter stopte voor haar en vroeg, zonder af te stijgen:

'Is dit de ranch van 'Cruz Alta'?

'Het lijkt er wel op, vriend.' Wat kan ik voor je doen?

'Zit meneer Raines erin?

"Afhankelijk van waar het voor is."

'Ik heb een persoonlijke opdracht van meneer Big.'

Fred bekeek nieuwsgierig de gast die, vreemd genoeg, geen wapen aan zijn riem had en vroeg:

'Een brief toevallig? "

"Niet. De commissie is persoonlijk.

"En niet" overdraagbaar? vroeg Fred sarcastisch.

William, want hij was de nieuwkomer, bekeek hem met minachting van top tot teen en antwoordde:

"Zoveel als dat, nee." Ik kan het aan u doorgeven, maar nadat u geprobeerd heeft het aan meneer Bud te geven, als hij niet in staat is het te ontvangen.

Fred ving de dreigende lucht van het antwoord op en, een truc radend, antwoordde:

'Het riekt me dat je de kinderen rauw komt opeten, en als dat zo is, dan zijn je tanden er nog te melkachtig voor, vrees ik.' Hoe dan ook, alles wordt hier ontvangen en alles wordt teruggegeven ... zelfs met inkomsten. Bewaar je de revolver totdat je de zaak met meneer Bud hebt besproken?

'Ben je bang om vermoord te worden?

'Nee, het is voor je eigen veiligheid.' Je zou hem te veel kunnen vertrouwen en...

"Ik heb geen wapens." U kunt mij inschrijven.

"   Bravo! Je komt alleen gewapend met vuisten. Ik heb echt bewondering voor je lef. Ik wil dat de baas me het genoegen geeft om later met je te praten.

"Als dat je wens is, bied ik me daaraan aan, met of zonder toestemming van je werkgever."

"Heel dankbaar, hoewel..."

"Wat?

"Niets. Dat ik bang ben dat ik het banket niet op tijd zal halen. Wacht even, ik laat het je weten.

Fred, erg geamuseerd, ging naar het kantoor waar Bud werkte en waarschuwde, zijn hand op het boek leggend:

'Leg je pen neer en trek je schoenen aan.' Daar beneden heb je een boodschapper van Big's ranch.

'Wat heb je, een brief? vroeg Bud, die snel overeind kwam.

"Nee, zoon; maar breng een paar vuisten mee die in staat zijn om een zesjarige stier omver te werpen.

'Wat bedoel je daarmee, Fred?

'Dat hij het bevel zou brengen om je brief met zijn vuisten te beantwoorden.' Hij komt zonder wapens, een teken dat Big hem de les heeft gelezen over hoe gevaarlijk het zou zijn om met 'Colt' in de hand om te gaan; maar in plaats daarvan is hij opschepperig en agressief en spreekt hij over persoonlijke taken die aan mij kunnen worden overgedragen, als je niet in staat bent om ze uit te voeren.

Geamuseerd deed Bud een paar push-ups met zijn gespierde armen en, zijn pijp aanstekend, daalde hij af naar de binnenplaats, waar de Herculean William nieuwsgierig op Buds aanwezigheid wachtte.

Dit, flegmatisch, richtte zich tot hem en zei:

"Goedemorgen vriend. Er is mij verteld dat u een bepaalde, zeer persoonlijke opdracht voor mij heeft van Mr. Big.

"Zo is het.

"Goed. Nou, zult u zeggen.

"De taak is gewoon om je een goed pak slaag te geven als reactie op de toon van een bepaalde brief die je hem hebt gestuurd en die dan over het zadel te dragen."

"Niets meer?

"Niets meer dan dat."

'Ze hebben je vooruitbetaald voor het werk, nietwaar?'

"Nee, maar dat stoort me niet."

"Ja, want het zal jammer zijn als je met een handvol tanden minder terugkomt en dan weigeren ze je de twintig dollar die die vrek je zal hebben aangeboden, waarmee je niet eens je tanden zou hoeven vernieuwen."

"Dat is niet jouw account." Dus ik wacht op uw orders om u in elkaar te slaan wanneer u dat wilt.

"Wat mij betreft, we kunnen nu beginnen." Ik keek er gewoon naar uit om een kleine oefening te doen waardoor ik zou willen eten ... Vind je deze site goed?

"Ik ben onverschillig voor hem."

"Ik ook. Hij waarschuwde je voor het geval je de terrastegels te hard vindt voor je hoofd...

'Denk je dat die van jou de klap zal weerstaan?

"Ik heb niet de moeite genomen om erover na te denken." Ik ben niet van plan de hardheid van de inhoud te testen.

'Dat zullen we zien. Wanneer u maar wilt, meneer Bud.

"U kunt beginnen wanneer u wilt, meneer..."

"William, mijn naam is William Polk."

'Oké, schrijf de naam op, Fred.' Die heeft u nodig voor de griffie en om bij hem de gebruikelijke kroon te bestellen.

"Wauw, nog eens twee dollar op de rekening!" In dit tempo gaat Big kapot.

Bud zette zich schrap voor een van de zwaarste aanvallen die hij ooit had gehad. Hij minachtte niet de kracht van zijn vijand, noch de ruwe en dikke vuisten die hij toonde, en het vertrouwen dat hij toonde in succes. William moet een professionele vechter zijn die gewend is om met stoere mannen om te gaan, en hoewel hij ook vertrouwde op zijn vuisten en de bekwame lessen die Fred, zijn leraar, hem had gegeven, wist hij dat hij zijn hele ziel in de strijd zou moeten steken als hij wilden elkaar niet zien. blootgesteld aan die bruut die gewetensvol de opdracht vervulde die ze hem hadden gegeven.

Al het succes vertrouwend op zijn flexibiliteit van benen en middel, in wat hij wist dat beter zou zijn dan zijn rivaal, begon hij het gevecht met enkele bedreigingen in het gezicht zonder de bedoeling om ze uit te voeren en alleen om zich te oriënteren op het vechtvermogen van zijn rivaal en tactieken die hij ging gebruiken.

Al snel was hij ervan overtuigd dat hij alleen een grote en sterke man voor zich had, hard van vuisten, bestand tegen de straf en blind voor de stoot; maar hij had geen enkele school om de wacht van zijn tegenstander te ontwijken en te breken, en dit stelde hem gerust.

Hij zou hem moe laten worden door hem te dwingen te veel mobiliteit te gebruiken voor zijn gewicht en wanneer hij hem had gebroken, zou hij zich wijden aan het zijn van de aanvaller, met alle agressiviteit en levendigheid die hij bezat.

Binnen tien minuten na het gevecht hijgde William als een opgejaagde stier. Bud had hem gedwongen om te veel van zijn benen en armen te gebruiken met heel weinig prestaties, en hij realiseerde zich dat het niet zo gemakkelijk was om deze flexibele vijand te verslaan als hij had berekend.

Het was waar dat hij het gezicht van Bud een paar keer had kunnen aanraken, waardoor hij aan één oor bloedde, en hij had zelfs een regelmatige slag op zijn schouder gegeven zonder de minste streling te krijgen, maar dat was niet genoeg en hij moest zijn kracht gebruiken. helemaal voor hem. vuist ergens vitaal op je lichaam.

Hij was op zoek naar een manier om zijn gezicht in te slaan of een vuist in zijn maag te steken, toen Bud op een teken van Fred, die rustig getuige was van de strijd, naar de herberg snelde en, voordat zijn vijand de tijd had gehad om op de aanval te anticiperen, had een enorme directe in de mond gekregen die hem dwong om bloed te spugen vermengd met een paar vloeken uit het beste cowboylexicon.

Fred, die een gebaar van goedkeuring was begonnen bij de geweldige klap, waarschuwde:

"Pas op, Bud;" laat een tand op zijn plaats zodat ik later heb waar ik mezelf kan afleiden. De heer heeft me dapper beloofd een tijdje met me te oefenen als ik je buiten werking stel en als je nog zo'n directe toepassing toepast, zal ik niet meer vinden dan het lot.

William beet op zijn lip en brulde:

'Ik ga jullie allebei ongedaan maken, smerige varkens!' Je hebt nog steeds niet gezien waartoe een man als ik in staat is met zijn vuisten.

"Niet; We hebben het niet gezien ... we zullen het ook niet zien en het zal echt jammer zijn ... voor jou.

De opzichter, woedend over deze prikken, probeerde in een wanhopige aanval Buds bewaker te breken door op zijn grond te stappen. De jonge man ontweek met een sprong de tactiek en zijn rechtervuist werd in het oog van zijn tegenstander genageld, die zijn handen ophief om zijn gezicht te beschermen en onmiddellijk een nieuwe klap op de maag kreeg, die hem dwong voorover te buigen om te passen. een derde van onder naar boven, waarbij hij zijn neus vreselijk verpletterde.

De cowboy, gekneusd, van de pijn, verblind door bloed en woedend door het slaan, verloor zijn kalmte en blindelings, alsof zijn armen mechanisch bewegende molenbladen waren, wierp hij zich op een absurde manier op Bud, waarbij hij zijn gezicht presenteerde aan de slagen die de ander wilde administreren, zonder een definitief toe te passen.

En dus, in vijf minuten, was hij knock-out met zijn gezicht volledig opgezwollen.

Een laatste klap, zonder enige hindernis op de kin, bracht hem in slaap voor een paar uur, en toen hij zijn lichaam op de grond vond, kwam Bud, die zweette als een verdoemde en zijn armen niet langer kon vasthouden van het gewicht dat hij had. voelde, veegde hij het zweet van zijn voorhoofd en riep uit:

"Wat een stuk olifant! Ik dacht dat ik hem niet in mijn leven zou beëindigen!

'Ja, het was een bot, Bud,' zei Fred.

'Maar het is erg nuttig voor je geweest om met hem om te gaan.' Je moet in gedachten houden dat veel van die dingen op je kunnen vallen, en je moet getraind zijn om ermee om te gaan.

"Wauw! De eerste van deze mastodont die weer opschepte over bravo, ik sneed de race af met schoten. Ik ben geboren met de "Colt" in de hand, en dat is mijn kracht.

"Nou schat." Wat doen we nu met deze pad?

"Wat? ... Wacht, ik zal het je meteen vertellen. Ga je paard en zijn paard voorbereiden.

Bud ging naar zijn kantoor en schreef een korte brief die hij in een envelop stopte, ging toen naar de patio en zei tegen Fred:

"Graag hem in het zadel kruisen en op je paard rijden." Stop die brief in zijn zak en breng hem naar de deur van Big's ranch. Ik wil er zeker van zijn dat hij en de brief hun bestemming bereiken.

Fred krulde zijn lip bij het bevel en riep uit:

"Hé, wat heb ik je aangedaan om die straf op mij toe te passen?" Is het je opgevallen dat het van hier tot aan de Grand Canyon iets meer dan honderd kilometer in een rechte lijn is?

'Alsof het er tweeduizend waren.' Ik wil dat je ziet hoe ik je schutter zo heb geplaatst dat hij je geen leugen vertelt en er een beetje over nadenkt voordat hij de test herhaalt.

Fred nam ontslag, bond zijn handen en voeten aan de voorman vast voor het geval hij op de weg zou reageren en maakte zich mopperend klaar om te vertrekken.

HOOFDSTUK X

BIG URDE EEN TE GEVAARLIJK PROJECT

Enkele dagen later was Big in het gezelschap van zijn dochter, leunend over de reling van de ranch en keek hij uit naar het landschap dat verfraaid was door een prachtige zonsondergang, toen de boer, zijn blik op de vallei gericht, naar het pad dat naar de ranch leidde, uitriep zijn arm :

'Wat beweegt dat daar in hemelsnaam? Het lijkt op een paard zonder zadel.

Nancy volgde met haar ogen de richting van haar vaders arm en antwoordde:

"Het lijkt. Het is een paard dat iets op zijn rug moet dragen. Ik zie als een zak aan de flanken hangen.

Ze wachtten, vol nieuwsgierigheid, tot het paard, dat in een goed tempo vooruitkwam, met meer precisie werd getrokken. Het was toen dat Big, verbaasd, eraan toevoegde:

"   Bij de horens van een koe! Als wat je draagt een man is die gekruist op de stoel zit.

Ze daalde snel van de reling af naar de binnenplaats, en toen ze de poort van het hek opendeed, was het paard al naast haar gestopt.

Big herkende toen het rijdier van William, zijn voorman, en toen hij de bundel naderde die in de rug was doorboord, hoefde hij niet naar zijn gezicht te kijken om te begrijpen dat hij zijn gezant was.

Maar toen hij dit probeerde te verzekeren, kreeg hij een huivering van afschuw toen hij zag hoe de burgemeester een gekneusd en gezwollen gezicht had, helemaal vol met bloed, evenals zijn kleren.

Woedend brak hij in luide kreten uit en vroeg om de gewonden te verzorgen en te helpen door de kok en een ander sneed zijn ligaturen door en bracht hem naar een bed, waar ze overgingen tot het uitvoeren van een noodkuur.

William, hoewel hij onderweg weer bij bewustzijn was gekomen, verloor het weer vanwege de pijn en de vreselijke houding die hij op het paard droeg en dus, toen ze hem op het bed legden, was hij een inerte massa die niet in staat was om de minste verwijzing te geven naar wat er is gebeurd.

De pion kleedde hem uit en ontdekte daarbij tussen zijn kleren een aan de boer geadresseerde brief, die hij zich haastte om te bezorgen.

Groot, geel van de gal die hij aan het inslikken was, scheurde de envelop open en las:

"Meneer Groot:

"Ik had nooit gedacht dat je zo gemeen was, dat je voor het afbetalen van je wettelijke schulden boeven door de handel gebruikte, en nog minder dat je je gezicht als mannen achterhield.

"Je hebt me een beer uit de Black Mountains gestuurd zodat hij me in plaats van me de $ 6.311 te betalen een pak slaag zou geven ter waarde van dat bedrag; maar je hebt me ver beneden mijn kracht geprijsd en ik hoop dat je vanaf nu ze een pak slaag, eerlijkere waarde.

"Ik geef je je menselijke stoomwals terug omdat hij me niet goed heeft gediend. Als je echt wilt dat iemand me uitschakelt, stuur me dan een half dozijn van zulke, als de zaak met vuisten moet worden opgelost, of een half dozijn schutters als we moeten het oplossen met schoten.

"Ik dacht dat ik hem wat presentabeler had teruggegeven, omdat ik begrijp dat de arme man in een puinhoop zal aankomen, maar ik durfde het niet te doen, omdat het budget van arnica en jodium te hoog zou zijn om toevoegen aan de rekening, en ik ben niet bereid om meer voorschotten te doen.

"En nu, weet dit: of u betaalt wat u wettelijk verschuldigd bent, of ik zal een hypotheek op de ranch zoeken; wiens belangen ten koste van u gaan. Ik ben uw industriële partner en u bent de kapitalist, en daarom is het aan de aan u om geld bij te dragen voor algemene kosten.

"Wachten op uw snelle antwoord, groeten u,

"Bud Raines."

Big ontketende een verschrikkelijke storm van scheldwoorden over Bud en zijn stamboom, van Adam tot heden, maar Nancy, die geamuseerd was door de brief, onderbrak zijn woordenstroom door te waarschuwen:

'Pap, ik heb je al verteld dat je weer een teleurstelling riskeert.' Je hebt jezelf sterker gevonden dan Bud en je breekt je knokkels tegen het ijzer als je op hem slaat.

'Nee, verdomme haar geest!' Grote brulde. Ik heb daar niets van geloofd. Wat ik probeer is om de dampen af te snijden en op dat moment zijn moed te testen, maar het blijkt te moeilijk voor mij en dat is mijn angst.

"Omdat? Had je een jonkvrouw nodig om de ranch te runnen? Was je er niet van overtuigd dat er alleen behoefte was aan een man als Bud?

"Ja, en ik klaag er niet over, maar ik klaag wel over het gebrek aan respect waarmee je me behandelt." Hij moet zich gerealiseerd hebben dat ik zijn toekomstige schoonvader ga worden en dat ik meer aandacht verdien dan hij mij geeft.

'Welke heb je hem gegeven? Je oogst wat je hebt gezaaid, en luister goed naar mij: aangezien het lang duurt om deze kwestie op te lossen, ben ik bang dat er uiteindelijk geen oplossing zal zijn.

'Geef me de formule als je denkt dat het zo makkelijk is.'

"Me? Heb ik misschien dit Tiberium in elkaar gezet om het ongedaan te maken? Dat jij, jij hebt er een formidabele puinhoop van gemaakt. Wat mij betreft, ik zal je maar één ding vertellen. Hoewel je er last van hebt, ben ik erg blij met wat er gebeurt. Bud heeft zich in deze zaak gedragen zoals hij zou moeten en heeft gedaan wat niemand anders in zijn plaats zou hebben gedaan om dit te redden en mij een vruchtbare ranch terug te geven van wat een wespennest was. Ik denk dat de tijd komt om deze misverstanden op te helderen en de zaken op hun plaats te zetten, want ik vrees dat ik op het laatste moment hetzelfde zal oordelen als jij en al het liefdevolle kaartenhuis dat ik heb opgeworpen zal op de grond komen zonder rechtvaardiging en voor mijn ongeluk.

Big werd erg boos op zijn dochter vanwege die woorden. Ze was niets meer dan een egoïstische, die in plaats van hem te bedanken voor wat hij had geprobeerd om Buds nagels te knippen en hem in een verstandig en rationeel wezen te veranderen, ze zijn deel deed om hem aan te moedigen en hem in staat te stellen verder te veranderen in een beest.

Ze waren heftig aan het discussiëren toen de kok het bezoek aankondigde van Laurence Raft, de rancher.

Nancy stond boos op van haar stoel en zei:

'Je groet hem, pap.' Ik ben die man door en door.

Big, die haar graag wilde irriteren, zei:

"Nou, ik niet." Ik heb me gerealiseerd dat hij de ideale man voor jou is en ik heb er spijt van dat ik die andere kerel vleugels heb gegeven om jou het hof te maken. Ik denk dat je er een beetje over moet nadenken en de situatie moet bestuderen. Raft is een rijke man, vriendelijk, begripvol ...

'En dwaas en belachelijk,' riep ze opgewonden uit. De man die een vrouw het hof maakt, die een ander verrast door haar te kussen en die, nadat hij zich door hem heeft laten afranselen, erop staat die vrouw het hof te maken, heeft geen waardigheid.

Big, kwaadwillig, antwoordde:

"Wat weet jij daarvan? Denk je dat als Raft Bud weer zou ontmoeten om je genegenheid te betwisten, hij zich zo stom zou laten verslaan? Welnee. Ik weet zeker dat het zijn gezicht zou doen brij maken en de pestlucht die hij voor altijd heeft zou afsnijden.

'Wie, Raft? vroeg ze afwijzend. Ik durf mijn ziel te wedden dat nee.

"Ja? Nou, ik doe je een voorstel, om je te laten zien dat je idool voeten van klei heeft.

"Welke? vroeg Nancy uitdagend.

"Ik weet wat er gaat komen." Hij blijft waanzinnig verliefd op je en dringt er elke dag op aan dat ik hem in principe als schoonzoon accepteer, zodat hij zonder beperkingen met je kan vrijen. Ik ga voorstellen dat hij Bud van je pad verwijdert en dan zal ik er geen probleem mee hebben hem mijn volledige toestemming te geven om officieel met je te vrijen.

Nancy lachte nerveus en antwoordde:

'En jij vindt het zo stom dat ik het accepteer?

"Waarom niet? Je schat Laurence verkeerd in. Het is een heel dappere jongen...

"Jij denkt? Nou... ik accepteer het. Laat hem proberen naar de ranch te gaan om te krijgen wat die beer William niet heeft gekregen, en als hij er het lef voor heeft, en als overwinnaar terugkomt, zal ik zelf ontslag nemen; maar het is goed te begrijpen dat als hij het in deeltjes aan u teruggeeft, ik niet wil dat u mij de schuld geeft.

"Maak je geen zorgen, zoiets zal niet gebeuren." Laurence zal de man zijn die weet hoe hij de vernederingen moet wreken die die onbeschofte kerel mij heeft aangedaan en die duidelijk maakt wie hij echt een man is.

Nancy haalde haar schouders op en verliet haar vaders kantoor. Ze was er zo van overtuigd dat Raft niet alleen zou falen, maar ook een verschrikkelijk pak slaag zou krijgen, dat ze niet dacht aan de toezegging die ze had gedaan in het verre geval dat Laurence erin zou slagen Bud te verslaan.

Big gaf het bevel om Raft binnen te halen. De onstuimige en knappe man, gekleed in een zeer elegante en explosieve outfit die hem tot de westerse cowboydandy maakte, kwam resoluut en vastberaden het kantoor binnen.

Big bekeek hem twijfelend van top tot teen. Hij was geen slechterik; Hij bleek sterk en hard gebouwd, maar naast William was hij een vedergewicht, en toch had Bud de sterke voorman prachtig verslagen. Maar Big, die psycholoog was en naast een stiekem en ondeugend karakter, had heel andere projecten dan degene die hij aan zijn dochter had blootgesteld.

Ze wees Bud niet af en koesterde ook geen andere wrok tegen hem dan degene die volgens haar zo trots en ontembaar was. Voor de rest bewonderde hij zijn kwaliteiten: humor, agressiviteit en trots, en geloofde hij dat hij een gewaardeerde toekomstige schoonzoon was.

Maar er was nog iets anders dat hij wilde liquideren zonder zich bloot te stellen aan het gebrandmerkt worden als een veranderlijk man en niet erg standvastig in zijn overtuigingen.

Lang geleden, voordat Bud een meteoor werd in de geschiedenis van de ranch, had Big een half compromis gesloten met Laurence's vader om een mogelijke band tussen hun kinderen te harmoniseren. Het leek erop dat dit een zaak voor beiden was en iets sentimenteels voor iedereen, omdat het de twee fortuinen zou verenigen en het paar tot een ideaal huwelijk zou maken.

Big aarzelde niet om het idee in principe te accepteren, vooral gezien het feit dat van de jonge mannen die in Grand Canyon konden opvallen, er maar heel weinig waren die konden voldoen aan de door hem gewenste voorwaarden voor zijn dochter, maar hij zorgde er goed voor haar veilig achter te laten . Nancy's testament, het testament dat ze niet kon afdwingen voor zoiets ernstigs als een huwelijk.

In het begin vond hij Raft aardig en vriendelijk, maar geleidelijk aan begon hij een hekel aan hem te krijgen. Hij was te aanmatigend, een beetje wispelturig, meer een vriend om op te scheppen op feestjes en rodeo's dan om zijn botten in het zadel van het paard te hameren en vee aan elkaar te koppelen om ze te markeren, en hij hield zichzelf voor dat dit niet geschikt was voor een boer in zijn school.

De weiden moeten worden verzorgd en bewaakt door hun eigenaar en als dat niet het geval is, werken noch de arbeiders met geloof, noch zijn het vee veilig, omdat de veeboeren altijd een open opening vinden om het prikkeldraad door te snijden als ze weten dat het oog van de meester het doet. de boerderij niet houden.

Als er iets zou kunnen ontbreken om niet overtuigd te zijn van de jonge man, werd dat benadrukt door het tafereel op de patio op de avond dat Bud dat soevereine pak slaag toediende en de kleine waardigheid die later werd getoond, door verliefd te blijven op Nancy en bereid te zijn te trouwen haar ondanks het feit dat ze wist dat een andere man haar pad had gekruist met de mogelijkheid van succes, een actie beging die, niet afgewezen door haar, hem op een belachelijke plaats achterliet.

Big verwelkomde Laurence hartelijk en vroeg:

'Wat is er, beste Raft? Waar loop je zo gracieus op dit uur van de middag?

'Alleen om u te zien, meneer Big.'

"O, voor mij heb ik niet de moeite genomen om een paar uur voor de spiegel te verspillen. Wij veehouders zijn beter af hoe meer we naar rundvlees ruiken.

"Ja," glimlachte Raft, "maar ook al kom ik om je te zien, ik kom niet om je te zien ..."

"Begrepen. Dat rechtvaardigt veel dingen. Wel, mijn beste vriend, wat breng je tegen mij in?

Laurence kuchte om zijn stem een beetje te zuiveren en zei:

'Nou, echt, om dicht bij je aan te dringen op iets waar we het al een paar keer over hebben gehad, maar deze keer op een serieuzere manier.' Vanmorgen heb ik indrukken uitgewisseld met mijn vader en hij moedigde me aan om met hem te komen praten, waarbij hij zich bepaalde gesprekken herinnerde die jullie een tijdje geleden hadden.

"Nu! ... Ik herinner me dat we het over bepaalde uitersten hebben gehad, maar je zult begrijpen dat ik alleen mijn wil heb, maar niet die van mijn dochter.

"Natuurlijk natuurlijk! Maar je bent zwaar.

"Vijfentachtig pond meer of minder," zei de boer ernstig.

'Ik bedoel, je advies weegt zwaar.' Als je er interesse in toont... misschien komt Nancy tot een besluit en...

Big lanceerde de volledige aanval en antwoordde:

'Luister, Laurence.' Ik herinner me mijn gesprekken met je vader en heb geprobeerd Nancy's geest naar je toe te trekken. Op een gegeven moment dacht ik dat het besloten was, maar er kwam iets onvoorziens tussen en...

'Ik weet wat je bedoelt,' onderbrak Raft hem met een grimas, 'maar dat lijkt te zijn gebeurd.' Gelukkig voor hem was Bud afwezig en Nancy lijkt zijn afwezigheid niet erg serieus te hebben genomen.

"Niet precies je afwezigheid, maar je kent al vrouwen, vooral die uit het Westen; Ze zijn beïnvloedbaar, ze worden verliefd op viriele en dappere mannen, ze bewonderen hen om hun uitstraling van onverslaanbare mannen en ze laten hun liefde eerder tot bewondering neigen dan tot het gevoel van genegenheid zelf. Mijn dochter is geen uitzondering, en ik kan niet zweren dat Bud geen sporen in haar geest heeft achtergelaten. Er is echter iets tussengekomen dat de situatie in een gespannen moment plaatst en misschien kan iemand die weet hoe hij er misbruik van kan maken een groot voordeel kunnen halen uit die vreselijke schutter.

'Niet die schutter, niet zo verschrikkelijk, meneer Big.' Zo'n man, er zijn er tientallen in het Westen.

'Dan kun je het maar beter op mij doen.' Het is een feit, zoals je niet weet, Nancy heeft een ranch geërfd in Whitebills, wiens ranch een egel was, er was geen manier om haar te bereiken zonder haar stekels te prikken. Ik heb Bud daarheen gestuurd met de gezonde bedoeling om zichzelf te prikken, maar hij moet bekwaam genoeg zijn geweest om zijn huid te ontdoen van de streling van de stekels, en dit heeft ervoor gezorgd dat hij zo gegroeid is dat hij onbeleefd en ondraaglijk is geworden.

"Hij vertoont geen tekenen van leven, hij rekent zijn daden niet af en toen ik hem geërgerd namens mijn dochter een brief stuurde waarin ik hem beval zijn verplichting na te komen, antwoordde hij zo grof dat Nancy door het dak is gegaan en terecht.

"Om hem te straffen, besloot ik een van mijn pionnen te sturen, degene die beloofde hem een goed pak slaag te geven, maar ... je weet wat betaalde mensen zijn. Hij nam het met weinig warmte en ... het resultaat is dat in plaats van de schapenvacht te slaan, hij is geslagen.

"Ik kan deze gang van zaken niet tolereren en ik heb besloten om naar de ranch te gaan om er voor te zorgen, maar ik vermoed dat het niet zo gemakkelijk zal zijn. Ik ben al vele jaren oud en noch mijn behendigheid noch mijn weerstand zijn om ze onder ogen te zien. met een stoutmoedige jonge man, maar ik heb geen andere keuze dan mezelf bloot te geven. Nancy wil niet en is zo wanhopig, dat ik zeker weet dat als er een man met lef tevoorschijn komt die hem een goed pak slaag en verlaging kan geven de dampen, oh, die man zou veel vee hebben om haar liefde te winnen.

Big had sluw het gewenste punt bereikt. De ballon was gelanceerd en het enige wat die jonge man, verwaand en dwaas, over had om hem op te rapen.

Zo was het. Raft stond met vurige ogen en een gebaar van ondraaglijke trots op en zei:

'Wanneer wil je dat we naar de ranch gaan om deze zaak op te lossen?

Big deed alsof hij verrast was en zei:

'Nee, nee, Raft! Ik wil je niet blootstellen aan mislukkingen. Het zou me pijn doen als dit als voorwendsel zou dienen voor jou om het terrein te verliezen dat je in het hart van mijn dochter hebt gewonnen. Denk dat als je in deze climaxmomenten verslagen zou worden, ze je zou verachten omdat je haar hoop had gegeven die ze niet echt kan verwerven.

'Nou, ik waardeer je belangstelling, maar ik weet dat ik geen ander pad heb dat korter en meer rechtdoor is dan dat.' Aan de andere kant heb ik een schuld te betalen aan Bud en ik ben oneindig blij dat deze kans zich aandient om me in staat te stellen het af te betalen en tegelijkertijd weg te nemen wat hem het meeste pijn kan doen ter wereld. Ik ben vastbesloten en ik zal gaan.

'Nou, ik wil niet dat je gelooft dat ik de minste kans wil ontnemen om te krijgen wat je verdient, maar ik blijf erbij dat de test erg gevaarlijk voor je is.'

'En ik waardeer je insinuaties, maar ik denk dat ik zeker ben van de triomf.' Vergeet niet dat waar de ene mens is, een andere opstaat.

"Dat is helemaal waar."

'Dus ik hoop dat je me wilt vertellen wanneer de mars is.'

'Nou... laten we zeggen over drie dagen.' Ik heb nog wat voorbereidingen te treffen.

"Nou, ik ben blij en ik kom hier." Als je me toestaat, ga ik met Nancy praten.

'Volgens mij zit je vandaag op een slecht moment.' Nancy heeft vreselijke hoofdpijn vanwege de brief van die man en je zult begrijpen hoe vervelend het voor haar zou zijn om over dingen te praten die niets met haar situatie te maken hebben. Ik denk dat je het voor morgen zou laten, ik neem het als vanzelfsprekend aan.

'Nou, als u dat denkt, dring ik er niet op aan.'

Raft nam afscheid van Big, beloofde zijn verlangen naar wraak te bevredigen en trok zich erg blij terug van de kans die hem was geboden om Nancy te beslissen. Zijn openstaande schuld aan Bud moest worden voldaan, en hij was niet iemand die dergelijke overtredingen vergeet.

Aan de andere kant was Nancy's liefde het offer meer dan waard, en hij was zo hartstochtelijk verliefd op het meisje als Bud maar kon zijn.

HOOFDSTUK XI

Kwaadwillig dolgelukkig begon Big zich voor te bereiden op de reis naar Whitebills. Op die reis zou hij veel interessante dingen opgelost laten, hoewel hij zich er ook van bewust was dat hij een te zuur interview zou hebben met dat poeder van zijn vertegenwoordiger, wiens zenuwen en trots niemand ter wereld in staat was van breken.

Het moeilijkste voor hem was zijn dochter overtuigen om met hem mee te gaan. Nancy keek ernaar uit om weer bij Bud te zijn, maar na alles wat er was gebeurd, was ze bang voor de eerste ontmoeting, die averechts zou kunnen uitpakken als Bud net zo boos op haar was als op zijn vader.

Big verspilde alle welsprekendheid die hij haar kon overtuigen. Als de jonge vrouw echt van Bud hield, als ze bereid was Rafts ijver kwijt te raken en Raft van haar pad te verwijderen, en als ze wilde dat de nerveuze spanning tussen Bud en hen zou verdwijnen, zou ze instemmen met de reis, want als iemand nodig Laat hem zich als een diplomaat gedragen, niemand die beter geschikt is dan zij om Buds koppigheid te overwinnen.

Dit maakte Nancy woedend en ze antwoordde:

'Wat is nu je idee, vader? Dat ik je red van die belachelijke houding die je voor je eigen plezier hebt aangenomen?

De rancher krabde verbaasd op zijn hoofd en antwoordde:

"Nou, misschien heb je daar gelijk in." Ik voel me niet erg op mijn gemak in relatie tot hem, maar je moet niet vergeten dat alles wat ik heb gedaan ter verdediging van je belangen is geweest en enerzijds om dat wilde veulen, wilder dan alle de hengsten waarop hij in de bergen heeft gejaagd.

"Dat is allemaal heel goed, maar daarmee laat je me alleen maar zien dat alle goede dingen die je als boer hebt, je verschrikkelijk hebt als politicus. Ik zal de dupe van de vechtpartij moeten dragen als ik mijn relatie met Bud niet uit het raam wil gooien, en voor het geval er iets ontbrak, zal ik nu ook de verantwoordelijkheid dragen voor wat er gebeurt naar dat cretin Raft.

"I0h! ... Niet dat. Voor de goede orde, ik heb je volledig gewaarschuwd voor het risico dat je loopt als je je een held voelt. Als ze je vanwege jou naar de tandarts sturen, ga je gang.

'Dat alles, erop rekenend dat Bud hem een pak slaag geeft.' Heb je nagedacht over wat er anders zou gebeuren?

"Natuurlijk wel, maar dat... zou niet erg zijn."

"Hoe niet? Het zou moeilijk voor me zijn om voorgoed uit elkaar te gaan met Bud, want het zou onwaardig zijn om hem vernederd te zien worden door die pop. Je zou hem, God weet hoe, moeten compenseren voor alles wat hij op de ranch heeft gedaan en je zou me als verloofde achterlaten met Raft, die zou eisen, en terecht, dat ik met hem zou trouwen.

"Niet dat! Ik heb alleen beloofd ermee in te stemmen dat hij je officieel belegert. Wat ik hem niet kon verzekeren, was dat je met hem zou trouwen.

"Meer had ik niet willen missen." Hoe dan ook, je hebt het slecht gedaan. Je neemt Raft mee naar het slachthuis zoals het vulgair wordt gezegd en dat is niet erg nobel.

'Nou, dat zal niet zo zijn, maar denk je niet dat hij het verdiend heeft?' Hij blijft me lastigvallen en jou lastigvallen en op de een of andere manier moet ik het aanklagen.

"Dacht je niet dat ze vanwege de haat die ze belijden, deze kwestie met geweerschoten kunnen oplossen?

"Wauw, dat is niet zo! Maar ik zal het niet toestaan.

Het zou teveel zijn. Ik zal met Raft praten en hem waarschuwen dat ik geen schoten wil. Je zou hem niet willen met bebloede handen.

"Zeg hem dat ik op geen enkele manier van hem zal houden en dat hij nobeler zal zijn."

"Dat nooit. Dat moment is voorbij.

Nancy stond op het punt te zeggen dat ze dat zou doen, maar toen ze zich realiseerde welke opschudding het haar zou veroorzaken, hield ze het in.

Om de reis minder zwaar te maken, had Big zijn optreden klaar en voor het gemak liet hij een van de arbeiders hem te paard vergezellen, die de grijze jackfruit aan zijn hoofdstel had vastgebonden waarmee Nancy tijdens haar dagelijkse wandelingen reed.

Nancy was van plan om alleen met haar vader naar de ranch te gaan, maar op het laatste moment moest ze instemmen met de verzoeken van Rosa, haar meid, die, hoewel ze niets zei over de echte reden waarom ze naar deze reis verlangde, geneigd was richting Fred en ik verheugde me er ook op hem weer te zien.

Op een ochtend begon de processie, waaraan Raft werd toegevoegd. Het leek erop dat hij de Nieuwe Wereld ging veroveren en als hij geen leger van verkenners leidde om hem een escorte te geven, moet dat zijn omdat hun aantal niet zo veel gaf.

Heel trots en trots hield hij zijn paard aan de kant van het optreden en zijn glimlach was als een zwaai die gewijd was aan het zaaien van rozen op het pad van de jonge vrouw.

Dit, serieus en egocentrisch, deed haar veel verder weg denken dan Raft veronderstelde. Nancy vroeg zich radeloos af hoe Bud hen zou verwelkomen en in welke situatie ze zich in de toekomst zouden bevinden.

Maar Laurence, verwaand en trots, geloofde dat het meisje alleen om de uitkomst van haar volgende gevecht met Bud gaf en zelfs durfde te insinueren:

'Maak je er maar geen zorgen meer over, Nancy, je zult zien hoe alles naar tevredenheid en zonder geweld wordt opgelost.'

Ze keek hem eindeloos aan. Hij had hem altijd gezien als een wezen met heel weinig licht, maar hij had hem nog nooit zo frivool en onbewust aangenomen en in zijn hart hield hij zichzelf voor dat een nieuw en definitief pak slaag zeer welverdiend was, zodat hij zou leren de dingen te beoordelen. dingen van het leven met een beetje meer realisme en menselijkheid.

Deze gedachte zorgde ervoor dat ze haar intentie om met hem te spreken opgaf en hem dwong af te zien van een actie die haar niets gunstigs zou opleveren. Iedereen moest genieten van wat hij verdiende en Raft had niet het recht om meer te verdienen dan waar hij zelf naar op zoek was.

* * *

Het was half oktober. De herfst kondigde zich al aan, langzaam ontdaan de bomen van hun felgroene opsmuk en in de verte van de rotsachtige toppen begon de sneeuw zijn lijkwade te weven, aankondigend dat hij het spoedig over de vallei zou verspreiden. 'S Ochtends verscheen het water in de vijvers met een dun patina van ijs dat de zon onmiddellijk kon smelten, en 's nachts werden enkele houtblokken die in de haard brandden gewaardeerd.

Bud werd die dag vierentwintig. Bud was het vergeten tot de dag dat hij ter wereld kwam, maar Fred was zo vriendelijk om hem eraan te herinneren met geen andere aanmoediging dan hem te ergeren door hem te laten zien dat hij oud werd.

Bud nam de waarschuwing ter harte en regelde die dag een buitengewone maaltijd voor zijn arbeiders. Ze at met hen in de algemene schuur, bood hun een grote appeltaart aan die de oude meid met zorg had gemaakt, na de maaltijd gaf ze hen een paar glazen cognac en wat sigaren die ze in het dorp had gekocht, en zelfs presenteren met een aantal. liedjes van zijn oogst, op het ritme van een nieuwe gitaar die hij had gekocht om zijn momenten van melancholie te ventileren, toen de herinnering aan Nancy overstroomde in zijn ziel en hij zich de mooie beslissende nacht van zijn leven moest herinneren, het oude lied zingen dat dus veranderde de loop van zijn bestaan.

De cowboys, gewaarschuwd door Fred, die alles wist, hadden besloten het lekkers terug te geven door hem iets praktischs te geven en samen hadden ze een prachtige "Colt" bemachtigd, met een greep van been, waarop de naam van de favoriete persoon was gegraveerd.

De revolver was zorgvuldig opgeborgen in een houten kist, gewikkeld in wattenbolletjes en vastgebonden met zijden linten, alsof het iets subtiels en delicaats was.

Daarom had Bud bepaald dat deze dag als een feestdag moest worden beschouwd, en behalve een paar arbeiders die om de twee uur naar de weide keken en om de twee uur afwisselden, zodat iedereen van het feest kon genieten, werkte niemand die dag.

Na de maaltijd en toen het tijd was voor de toast, stond Fred op met het glas in zijn hand en, om stilte te eisen, zette hij de doos voorzichtig op tafel en zei:

"Het voelt heel erg voor mij dat deze beesten van pionnen onder mijn hoede mij de opdracht hebben gegeven om precies degene te zijn die dankt voor het feest en Bud Raines feliciteert met zijn verjaardag, en ik zeg dat het erg slecht smaakt, want ik ben een man zo niet makkelijk te praten, dat ik bang ben zo'n mooie act te bederven.

"Maar ten slotte hebben deze ezel en ik zo vaak gevochten dat zelfs als we het vandaag nog eens zouden doen, het niets bijzonders zou hebben en het misschien zelfs het meest geschikte zou blijken te zijn als een waardig einde van de viering.

"Beste Bud, ik heb de taak van deze brave jongens om je een klein geschenk in handen te geven dat ze samen hebben verworven en het aan jou op te dragen als een symbool van je strijd en je inspanningen voor de welvaart van de ranch. Als ze waren vertrokken naar mijn zin, ik zweer je dat ik je in plaats van dit ding dat daar is ingesloten, je een kousenband of een korset zou hebben gegeven, omdat ik begrijp dat dat het beste bij je past, gezien je teruggetrokken karakter, je aangeboren verlegenheid en je gebrek aan moed om op een paard te rijden, je vijfhonderd mijl in het zadel te slikken, om de boerderij van die kruipende jood genaamd Lou Big binnen te sluipen en zijn dochter Nancy op de romp te brengen, wat jouw voorouders en de mijne zouden hebben gedaan als ze leefde in deze tijd, waarin we allemaal opscheppen over dapper te zijn en uiteindelijk,We zijn gewoon tamme ezels die snel hebben leren omgaan met een revolver, zoals we misschien hebben geleerd om met een sikkel of een hark om te gaan.

"Maar, nou, aangezien het ding hopeloos is, geef ik je hier het geschenk en ik, van mijn kant, zal me afvragen wanneer je klaar bent om het te gebruiken, zodat mensen niet vergeten dat je met een Colt bent geboren." je hand omdat je blijkbaar in slaap bent gevallen, met het gewicht van het wapen.

En voor de goede orde, als je ons dat toestaat, zullen de bevallige je plaats innemen en zullen we je in de vijver gooien als een schurftige kikker, zodat je sterft van walging onder het slib. Ik denk dat ik heb gezegd wat ik te zeggen had.

Een applaus begroette de ongerijmde toespraak, en Bud, die tussen plezier en ergernis naar hem had geluisterd, stond op, glas in de hand en zei:

"Heren, de toespraak van dit Fred-beest heeft me zo ontroerd dat ik niet weet of ik hem vijf keer in zijn buik moet schieten zodat hij het goed kan verteren of hem een knuffel moet geven, vanwege de interesse die hij in zich heeft." me."

"Je kunt mensen niet bekritiseren op de dag dat ze vierentwintig worden, zonder getrouwd te zijn, wanneer degene die het doet al vijfentwintig is geworden ...

"Ik protesteer! riep Fred uit. Je bent verraderlijk. Je bouwt jaren voor mij op en dat is spelen met een voordeel.

"Ik sta erop wat ik heb gezegd en ik zal het met mijn vuisten houden als het bovengenoemde me laat zien dat ik lieg. Aan de andere kant ben ik het meest geïnteresseerd in het vervullen van zo'n mooi programma, maar het is niet zo eenvoudig geweest als deze ezel denkt. In ieder geval, om het u te bewijzen, ga ik met zo'n haast vervullen wat er van mij wordt gevraagd. Over een maand ga ik naar de Grand Canyon om juffrouw Nancy te zoeken en ik zal haar met mate of met geweld hierheen brengen, maar als later de hele regio van Colorado in vlammen opgaat, zal ik ervoor zorgen dat degenen die verdwaald zijn gevonden worden door deze barbaar die gelooft dat liefde is als vee, dat door de sterkste kan worden gestolen.

Het applaus onderbrak de toespraak en Bud, geïntrigeerd, maakte het pakket los totdat hij de revolver ontdekte.

Hij nam het in zijn hand, bekeek het met plezier en liet het in de doos, riep uit:

"Heel erg bedankt, vrienden, maar... ik zou God willen vragen om mij alleen te dienen om mijn kantoor te versieren en niet om de kwaliteit ervan te testen op het vlees van een medemens." Het leven verandert de gevoelens van mensen en ik, die dacht dat ik alleen was geboren om te leven met de "Colt" in mijn hand, vandaag voel ik me zoals Fred heel goed zei, die me lijkt te slapen van het gewicht van het wapen.

"Toen ik op een onvoorziene manier op een avond leerde dat het gemakkelijker is om de liefde en het hart van een vrouw te winnen met het tokkelen van een gitaar en een lied geboren uit de grond van de ziel, heb ik de overtuiging gekregen dat het niet met de revolver waarmee je de mooiste dingen van de wereld kunt krijgen, maar ze vernietigen.

Fred krabde zijn hoofd op het argument en antwoordde:

"Nou, je hebt misschien gelijk, maar als je het niet krijgt... je kunt het houden, wat het interessante is."

Er verscheen iemand bij de schuur met de gitaar voor Bud om een lied te zingen, aangezien iedereen er veel belangstelling voor had, en terwijl Bud zich aan hen overgaf, verliet Fred de vergadering om een kijkje te nemen in de weilanden. Maar zodra hij het hek had verlaten, keerde hij terug als een ziel die de duivel schreeuwend met zich meedraagt:

"Knop! ... Knop! ... Ze komen! Ze komen er aan!

De jonge man, die hem hoorde en geloofde dat het een nieuwe poging tot aanval was, riep om de revolver en met die in de hand ging hij naar de binnenplaats, gevolgd door zijn mannen, en vroeg:

"Wie komt er? Verdomme je figuur, spoilers!

"Wie wordt het? antwoordde Fred zenuwachtig. Die grote Jood. En het komt niet alleen. Bij hem is juffrouw Nancy en die marionet Laurence Raft.

Alle vreugde die hem had doen horen dat Nancy eraan kwam, was verbitterd toen Laurence werd genoemd, en terwijl hij weemoedig de revolver in de holster stopte, mompelde hij:

"Goed. Het wordt gezien dat mijn goede bedoelingen nutteloos zijn. Iemand heeft in het boek van mijn leven geschreven dat ik moet sterven met de "Colt" in de hand en ze zullen slagen.

Hij stak het erf over, stapte buiten het hek en wierp een brede blik op het pad dat naar de ranch leidde.

Het optreden schopte dichte stofwolken op en bewoog zich naar hem toe. Vanaf de helling kon hij Bigs gestalte perfect omsluiten, dik en tevreden, met zijn handen gekruist op zijn buik en een boosaardige glimlach op zijn lippen, terwijl Nancy, ernstig en streng, met haar ogen op de weg gericht, meer bezorgd en angstig leek. Wat was ik blij met dat bezoek.

Naast hem, hooghartig op het paard, bedekt met stof maar rechtop als een paal, liep Laurence, en Bud dacht dat hij Nancy nog nooit zo mooi had gevonden, noch had hij Laurence ooit zo belachelijk en onsympathiek gevonden als die dag.

Pionnen stonden in twee rijen langs de deuropening om de begeerde meesteres te begroeten, en Bud, die opgewonden en boos op zijn lip bijt, stapte een beetje naar voren, maar nooit ver genoeg om hen te laten geloven dat hij de reizigers eer zou bewijzen.

Het optreden stopte bij het hek en Laurence, die ijverig van het paard afsteeg, kwam naar voren om zijn hand naar Nancy uit te strekken om haar naar beneden te helpen, maar ze deed alsof ze het gebaar niet zag en deed dat van de andere kant, waardoor hij ontevreden achterbleef.

Bud ving het gebaar op en bedankte het intiem. Hij had een wilde drang gekregen om naar het rijtuig te rennen en zijn onverschrokken vijand erin te storten.

Meneer Big, die als eerste was afgedaald, stapte naar Bud toe en zei:

'Goedemiddag, meneer Raines.' Ik ga ervan uit dat u dit aangename bezoek niet zou verwachten.

"Ik kan er geen bezwaar tegen hebben dat je aanneemt wat je wilt," was het droge antwoord.

Na een korte aarzeling stapte Nancy naar voren, stak haar witte hand naar hem uit en riep uit:

"Goedemiddag, Bud, hoe gaat het met je?"

`` Heel goed, juffrouw Nancy. Ik vraag het je niet, want ik kan zien dat je helemaal in orde bent. Wil je me eren door naar binnen te gaan?

Hij wenkte Fred, die naar Rosa, Nancy's meid, staarde, en beval:

'Fred, wat doe je daar?' Leid deze heren naar de kamers hierboven.

Big, kijkend naar de opgestelde pionnen, was verbaasd over de zaak en vroeg:

"Wat betekent dit in godsnaam? Had je nieuws van onze komst en heb je al deze gangsters gemobiliseerd om je te beschermen?

'Ik heb het nog niet nodig, meneer Big.' Vandaag vieren ze feest.

"Feestje waarom?

"Omdat het mijn verjaardag is en ik je heb uitgenodigd om op een buitengewone manier te eten, waardoor je de rest van de dag vrijheid hebt."

Big deed alsof hij geschokt was door zo'n overdadige daad en mopperde:

"Hoe? Maar denk je dat ik het team betaal om misbruik te maken van elk voorwendsel en te stoppen met werken?

"Als je besluit om ze ooit te betalen, trek dan het bedrag dat ermee overeenkomt van mijn salaris af. In de tussentijd moet je niet opscheppen over wat je nog niet hebt gedaan.

Big beet op zijn lip en antwoordde:

"Nou, daar zullen we het over hebben."

Fred, die al zijn evenwicht had verloren toen hij Rosa confronteerde, overreed verschillende van zijn metgezellen terwijl hij probeerde de reizigers te begeleiden en marcheerde vooruit, terwijl Bud, Laurence de rug toekerend, die hem met hatelijke ogen had aangestaard, Nancy volgde. hem beledigend in de steek gelaten.

Raft sprong voor hem op en zei:

"Hé, Bud." Je kunt een geweldige schutter zijn, maar je kunt ook beleefd zijn. Ik ben met meneer Big meegegaan en het minste wat hij hoeft te doen is goedemiddag zeggen en me binnenlaten. De rest kan later komen.

Bud bekeek hem van top tot teen en antwoordde:

"Ik heb de gewoonte om iedereen te begroeten die ik leuk vind en doe het niet met mensen die ik niet mag." Als je met meneer Big komt, laat hem dan degene zijn die je uitnodigt. Ik sta niet tot zijn dienst, maar van hem.

Big draaide zich snel om en zei Laurence bij de arm:

'Neem me niet kwalijk, Raft, ik werd afgeleid door de discussie.' Natuurlijk ben je mijn gast en daarom ben ik degene die je uitnodigt om namens haar binnen te komen, aangezien de ranch van mijn dochter is, die net zo goed van mij is.

Raft leek tevreden met de morele klap die aan Bud was gegeven en ging op de arm van de rancher naar binnen, terwijl Nancy, die opzettelijk achterbleef, haar pas verkortte tot Bud naast haar was.

Hij leed alle pijnen van het vagevuur, niet wetend hoe hij zich met haar moest gedragen. Nancy leek koud en bezorgd, maar zij was de enige die zachtjes had geprobeerd het ijs van deze situatie te breken, dat ze niet lang in zo'n positie kon blijven.

Nancy verklaarde:

'Ik vind de ranch erg veranderd, Bud.' Het lijkt erop dat er renovaties zijn gedaan.

Bud antwoordde plechtig:

'Ja, er is iets gedaan om het op te ruimen, hoewel ik je eerlijk gezegd niet had verwacht dat je hem zo snel zou eren met je bezoek.' Als ik het had geweten, had ik de afspraken extreem gemaakt... als het voor mij mogelijk was geweest.

"Er is veel met hem gedaan." Ik herinner het me van toen ik vier jaar geleden bij mijn arme tante kwam en het was een schande. Waarom heb je het ons niet verteld?

"Juffrouw Nancy, er zijn veel dingen die ik niet heb gezegd en niet vanwege een gebrek aan verlangen, maar omdat mijn kansen zijn afgesneden. Ik hoop dat er een is gekomen om te spreken en dan zul je veel dingen weten die je niet weet.

Ze hadden de bovenkant van de vloer bereikt en Bud stapte naar voren om hen naar het kantoor te leiden.

Ze gingen allemaal naar hem toe en Bud, die opstond, vroeg:

'Heeft u een vooropgezet plan, meneer Big, of laat u het aan mij over?'

'Ik heb er veel, maar ze kunnen wachten.' Wat stelt u voor?

"Als u geïnteresseerd bent om ons eerst het pand te laten bezoeken."

'Nou, laten we haar bezoeken.'

Bud leidde hen erdoorheen en liet hen het interieur zien, dat was vernieuwd en er vrolijk en aantrekkelijk uitzag.

Big, met een serieus gezicht, gaf nergens commentaar op, maar in zijn hart was hij blij met wat hij zag.

Als je uitkijkt op de galerij; Nancy keek naar deze vol potten die begonnen te verwelken en riep uit:

"O wat leuk! In de zomer moet deze galerij ideaal zijn!

"Het is niet slecht." Nu beginnen de wijnstokken te groeien die voor schaduw zullen zorgen en het zal beter zijn.

Hij was naar de laatste plaats vertrokken om hun de prachtige kamer voor Nancy te laten zien. Toen hij de deur opendeed en hem liet zien, riep Big wrang uit:

'Ik zie dat u een fijnproeversleven leidt in plaats van een boerenleven, meneer Raines.' Deze kamer is meer een vrouw dan een man.

'Dat dacht ik ook toen ik het klaar had.' Ik hoopte dat op een dag de eigenaar hier zou komen en ik het voor haar had versierd.

Big beet op zijn lip, woedend door de slip en Nancy, dankbaar, riep uit:

"Heel schattig. Ik denk dat het ons uitnodigt om er meer dagen in door te brengen dan we dachten hier te zijn.

Bud, die erg geamuseerd was om Bigs verwarring te zien, vroeg:

'Wil je nu de weilanden en het vee zien? Er is nog licht en je zult kunnen beoordelen hoe het is.

"Goed. We sluiten het bezoek af.

Bud schreeuwde naar Fred, die weg was, evenals naar Rosa, en beval:

'Fred, breng de jongens naar de weilanden.' Dat willen de heren zien.

Fred schoot met de pionnen naar buiten en Big, gevolgd door zijn dochter en Raft, die eruitzagen als een banshee die om hen heen zweefde, begaven zich naar de wei.

De boer verifieerde dat er een nieuwe omheining met doornen was geplaatst, dat het vee in kwantiteit was toegenomen en dat de kwaliteit uitstekend was, en hij merkte ook op dat het weiland was uitgebreid met het nieuwe land dat Bud had gekocht.

Terwijl hij onwetendheid veinsde, vroeg hij:

"Heb je toestemming gekregen om vee op andermans weiden te zetten?

'Nee, meneer Big, die weilanden zijn van juffrouw Nancy's ranch.'

"Hoe? Zijn ze weggegeven?

"Bijna. De overname was niet slecht. Die vijfduizend dollar die je me stuurde als saldo van onze eerste rekening hebben wonderen verricht.

Big pakte de klap en zei:

"Daar hebben we het later nog over."

Toen hij door de nieuwe stallen liep, ontdekte hij door de open deur de kostbare witte hengst die Bud voor zichzelf had gereserveerd en terwijl hij naar hem staarde, riep hij uit:

'Je hebt een mooi paard, Bud, ook vanwege die vijfduizend"dollars?"

"Ook. Zeg ik je niet dat ik wonderen met hen heb verricht?

Nancy, gefascineerd door het paard, benaderde hem liefdevol en streelde hem en Bud, met trillingen in zijn stem, zei:

'Juffrouw Nancy, dat paard is van u en u kunt er over beschikken wanneer u maar wilt.' Ik heb het voor je getraind en ik wachtte gewoon op de kans om het je te geven.

Nancy aarzelde en antwoordde ten slotte:

'Bedankt, Bud, bewaar dat voor als het tijd is om alle rekeningen te vereffenen.'

Ze keerden terug naar de boerderij. Big waarschuwde ongeduldig:

'Ik zou graag willen dat we een beetje over zaken praten.' Ik denk dat we het allemaal nodig hebben.

"Ik sta tot uw beschikking.

"Nou, voor mij kun je beginnen wanneer je maar wilt."

"Neem me niet kwalijk, maar ik heb alleen te maken met de geïnteresseerden." Ik kan het met jou of je dochter of allebei doen, maar niemand anders.

'Zeg je het voor meneer Raft?' Als de Heer is alsof hij van huis is!

'Heel goed, want als het huis definitief van jou is, en het zal zijn zodra we de rekeningen hebben vereffend, geef het hem dan als hij wil, en van mijn kant zal er geen ongemak zijn. In de tussentijd zullen we deze kwestie zelf afhandelen.

"Nou nou. Nancy, ik denk dat je een beetje moe bent en graag wilt rusten. Ga naar de kamer die ze dapper voor je hebben klaargemaakt en laat Rosa je helpen om je klaar te maken voor het avondeten. Wat u betreft, meneer Raft, u kunt een kamer kiezen en doorgaan met opruimen. Je weet dat je thuis bent.

'Heel erg bedankt, maar ik ga liever paardrijden terwijl jij je bezighoudt.' Als ik terugkom, zullen we de mijne zeker repareren.

"Goed; Zoals jij het graag wilt!

Nancy ging naar buiten en ontmoette Rosa, die op hem wachtte in de gang, terwijl Raft, een beetje nerveus, niet in staat om zijn ware situatie te definiëren, naar de patio ging, het hek overstak, op zijn paard steeg en draafde om het moment te verwerken. plechtig dat hij leefde, omdat hij in de greep was van de grootste angst en geen beslissing kon nemen die het zou verduidelijken.

Zijn hart waarschuwde hem dat hij gegrepen was door de tanden van een val waar hij niet uit kon komen, maar hij had in ieder geval een duidelijke houding waarin hij niet zou opgeven. Hij zou de schuld afbetalen die hij aan Bud verschuldigd was, en nadat God had geregeld wat het meest geschikt was.

HOOFDSTUK XII

HOE EEN MAN REAGEERT

Ze waren alleen in het kantoor Bud en Big, en toen legde de eerste de boekhouding op het bord en wees ernaar en zei:

'Meneer Big, hier zijn al mijn schulden, maar aangezien u bij mij in de schuld staat, verwacht ik dat u het bedrag van het vorige saldo op tafel legt.' Vraag me dan wat je relevant vindt.

"Is het essentieel dat ik dat bedrag vooraf stort? Is mijn woord niet genoeg om het af te betalen als het eerlijk is?

'Het zou misschien genoeg zijn als je waardig tegenover mij was geweest.' Het is niet genoeg als je me slechter hebt behandeld dan de laatste en meest verachtelijke van je pionnen.

'Hoe heb je me behandeld? Welke verklaringen heb je me gegeven van je acties en je bedrijf? Je wist dat je te maken had met iets dat niet van jou was.

'Maar waar ik net zo in geïnteresseerd was als jij.' Wat zou er van de ranch zijn geworden als ik niet de vindingrijkheid had gehad om geld te verwerven en de arbeiders te betalen, de weidegrond uit te breiden, meer vee te verwerven, dit verwoeste huis te renoveren en zijn krediet veilig te stellen?

"Ik twijfel er niet aan dat hij het op die manier deed, maar hoe deed hij het en waarom heeft hij me niet tijdig verantwoording afgelegd?"

'Omdat hij me als een onbekwame en als een dienaar behandelde en dat ben ik niet.' Ik zal arm zijn, omdat ik mijn persoonlijk fortuin heb verkwist, maar ik heb de vindingrijkheid om een nieuw fortuin op te bouwen als ik er mijn zinnen op zet.

'Ik ben niet overtuigd door jou, Bud.' Geef me later de rekeningen. Ik zal kijken of je gelijk hebt.

'Ik zal ze je niet geven zonder eerst het geld te hebben ontvangen.'

"Het spijt me, maar ik kan het er niet mee eens zijn." Het zou zijn om terug te keren naar het onderwerp van uw eerste brief. Ik herhaal dat als het gerechtigheid is, ik zal betalen wat ik verschuldigd ben.

Verheven kwam Bud overeind, sloeg op de boeken, sloeg ze tegen de grond en schreeuwde:

"Hij gaat niets geven, want ik geef hem alles! Ik laat hem een ranch na die twee keer waard is wat hij waard was toen ik voor hem zorgde; Ik laat hem twee keer zoveel grond na als hij had toen ik kwam; Ik laat je een waardig team achter en geen bemanning van veedieven; Ik laat het aan hem betaald tot de dag en ik laat hem meer vee achter dan ik hier vond. Ik geef je ook mijn zeven" maandsalaris, dat ik je geef zodat je het huwelijksgeschenk aan je dochter kunt maken als je trouwt met die dwaas die je in je bedrijf hebt gebracht, zo niet voordat ik je voor een idioot aan het hek nagel . Ik heb een lot en het is vervuld. Ik ben geboren met de "Colt" in de hand en daarmee zal ik leven tot ik val met mijn laarzen aan, maar ik zal nooit onder de controle van iemand leven,

Bud duwde met geweld tegen de tafel en liep naar de deur, met de bedoeling om weg te gaan. Big probeerde hem tegen te houden, maar hij wees hem bruusk af en toen hij het met geweld opende, stopte hij verward toen hij tevergeefs het silhouet van Nancy ontdekte dat zijn pad blokkeerde.

'Wacht even, Bud,' zei ze snel. Zou je me de genade van een paar minuten willen schenken?

Bud aarzelde, maar antwoordde met een gewelddadige inspanning:

"Je bent een vrouw en ik kan een vrouw niets weigeren." Je zult me vertellen wat je van me wilt.

'Ik herinner hem alleen aan het gesprek dat we op een avond op het terras van papa's ranch hadden.' Hij herinnert zich?

Bud mompelde met een brok in zijn keel:

"Ja! We hadden het over het wensen voor de sterren ... van onmogelijke liefdes ... van nog een paar dingen over dit onderwerp.

"Inderdaad. Er was ook sprake van muren die het springen verhinderen om het meest gewenste te pakken. Ik denk dat ik degene was die je vertelde dat als je een dappere en riskante man was om over die muren te springen... Heb je het gedaan?

Bud staarde haar angstig aan. In Nancy's ogen brandde een vreemd vuur, iets groots en subliems dat leek op de belofte en de uitnodiging van die nacht, en, zonder zichzelf te kunnen bedwingen, verblind door het prachtige visioen van haar, vermoedend wat haar ziel verborg en dat nog steeds Hij had geen tijd gehad om het te begrijpen, hij stak krampachtig zijn armen uit en riep uit:

"Niet! Ik heb het niet gesprongen, verdomme mijn ziel! Maar ik ga er nu over springen, zelfs als ik in de herfst val!

En terwijl hij haar vasthield zoals die avond, kuste hij haar opnieuw in het bijzijn van Big, die in lachen uitbarstte.

Bud liet Nancy los, keerde zich tegen hem en schreeuwde:

"Waar lach je om?

'Wat heb ik een lol gehad ten koste van jou, Bud.' Ik heb je voortdurend aangespoord zonder dat je het merkt en je hebt mijn spel gespeeld zonder het te weten. Dag na dag werd ik geïnformeerd over hoeveel je hier deed om te verdienen waar je het meest naar verlangde in de wereld; maar ik vond het niet gepast om met mijn hand over zijn rug te gaan en hem te prijzen, voor het geval hij het zou geloven en onderweg flauw zou vallen. Er zijn paden waar je niet tussen kunt rusten, omdat je het risico loopt achteruit te glijden en de weg kwijt te raken. Daarom porde ik hem van achteren en wilde ik niet stoppen tot het laatste moment.

'En wat is het laatste moment voor jou? vroeg Bud.

"Omdat het zegt?

'Vanwege die pop die als escorte is binnengebracht.' Als je doel was om een einde te maken aan deze poppenkast, wat was dan de belemmering?

'Dat is de laatste hindernis die je moet verwijderen, Bud.' Sorry, maar er is geen andere oplossing. Het is een steenpuist die lang geleden naar buiten is gekomen en die niet kan worden geëlimineerd.

Nancy stond boos op om te zeggen:

'Dat klopt niet, pap.' Je hoeft hem alleen maar te ontslaan.

'Nee, dochter, Laurence is een van degenen die alleen door vuisten overtuigd worden.' Ik heb het je verteld en je weet het. Hij is koppig naar hier gekomen om jou voor de tweede keer zijn nederlaag te laten zien en hij moet blij zijn.

Bud, die hem hoorde, verliet de kamer in volle vaart en ging naar de patio en riep:

'Waar is die kerel die meneer Big vergezelde?

'Hij zei dat hij een wandeling in de vallei ging maken.' Ik denk niet dat het lang zal duren.

Op dat moment werd Laurence's paard in de verte getekend en Bud, zijn hart overlopend van vreugde, wachtte tot het zou arriveren.

Toen Raft op de grond landde en Bud ontdekte, beet hij op zijn tanden en vroeg:

'Is de conferentie al afgelopen? Mag ik weten hoe mijn situatie in dit huis is?

'Ja, en ik ga je erop wijzen.' Ik heb met meneer Big en zijn dochter mijn volgende huwelijk met Nancy geregeld. Dit geeft u een idee van uw positie en nu, aangezien ik weet dat u bent gekomen met de bedoeling om die openstaande schuld af te betalen, sta ik tot uw beschikking om deze te vereffenen, maar houd er rekening mee dat het einde helemaal niet zal veranderen voor jou. Winnaar of verliezer, Miss Nancy wordt mijn vrouw.

Raft werd dik bleek toen hij hem hoorde. Hij realiseerde zich, zij het laat, dat hij een speelbal was geweest in de handen van de sluwe Grote en een doffe woede overviel hem.

Zijn woede bedwingend zei hij koeltjes:

'Het is goed, Bud.' Je wint en er valt niet meer over deze kwestie te praten. Ik ben een dwaas geweest die niet begreep dat wat er die nacht op het erf van de ranch gebeurde, dieper ging dan ik had gedacht, maar er is geen recht om een man voor de gek te houden zoals meneer Big heeft gedaan. Ik ben misschien geen goede match voor uw dochter, maar ik ben geen watje of lafaard die moed met vuisten moet leren.

"Je versloeg me ooit toen ik, bezield door een dove woede en grote hoop, met je vocht om mijn liefde te verdedigen en ik weet dat je me vandaag beter zult verslaan dat de triomfen van jou zijn en ik ga vechten voor een lege zaak; maar bovenal wil ik aantonen dat ik een man ben die zich neerlegt bij nederlagen, maar niet om ze te vermijden.

Hij trok zijn jas en riem uit, gooide ze opzij en zei:

"Wanneer je maar wilt, ik ben klaar om te beginnen..."

Bud voelde al zijn haat voor Raft sterven aan zijn viriele mannelijke trek, en toen hij hem naderde, antwoordde hij:

'Luister naar me, Laurence.' Je weet dat ik geen lafaard ben. Je weet ook dat ik je vandaag beter dan ooit ga verslaan, juist omdat ik voor alles vecht en jou voor niets. Maar ik wil je iets vertellen waarvan ik nooit had gedacht dat ik het je moest zeggen. Vandaag ben je een aardige man voor me geworden. Je hebt me laten zien dat je een mannelijk karakter hebt en ik breng hulde aan hele mannen. Het zou me pijn doen om hem te zien weglopen van deze gehavende, kapotte ranch, vol dubbele wrok die tot niets zou leiden. Noch in mijn ogen, noch in die van Nancy ben je waardeloos als je je neerlegt en deze dwaze strijd opgeeft die tot niets leidt. Je laat zien dat je een man bent die accepteert wat het lot je heeft opgelegd en neemt mij als voorbeeld. Ik had alles in jouw voordeel opgegeven, in de overtuiging dat Nancy van je hield. Ik had het al opgegeven om hem te doden, ondanks dat ik de man was die was aangewezen om geboren te worden met de "Colt" in de hand. Op een dag was ik ervan overtuigd dat je met een lied en een gitaar meer kunt winnen dan met vuisten of schoten, en ik had besloten de revolver voor altijd in de holster te houden. Laat me niet denken dat het niet zo zou moeten zijn en dat ik het dwaas met je zou moeten hanteren, als je na het vechten niet tevreden bent en je blijft denken aan een rematch. Wat we als mensen niet oplossen, lossen we niet op als beesten. als we na het vechten niet tevreden zijn en blijven denken aan een rematch. Wat we als mensen niet oplossen, lossen we niet op als beesten. als we na het vechten niet tevreden zijn en blijven denken aan een rematch. Wat we als mensen niet oplossen, lossen we niet op als beesten.

Raft bleef even gespannen, alsof hij twijfelde over de te nemen houding. Plotseling deed hij twee stappen, pakte zijn jas en riem, trok ze aan, en springend op het paard stak hij het hek over en zei:

"Dag, Bud, veel geluk voor jou!" Zeg Nancy dat ik wegga als een lafaard om in ieder geval haar achting niet te verliezen.

'Dag, Raft! schreeuwde Bud. En denk dat niet. Je gaat niet weg als een lafaard, maar als een echte man. Op een dag zul je het zo herkennen.

Het paard raakte verdwaald in het stof op de weg, en toen Bud het erf opliep, kwam hij Fred tegen, die heel ontroostbaar zei:

"Nou, oude vos, je hebt je rechtszaak al opgelost, maar hoe zit het met mij?" Hoe ga ik het oplossen als ik niemand heb om mee te vechten om Rosa's liefde te betwisten?

"Niet? riep Bud droogjes uit. Nu zul je zien als ja!

En voordat de naïeve voorman tijd had om op zijn hoede te zijn, sloeg hij een voltreffer op de kin waardoor hij languit op de plavuizen op de binnenplaats lag.

Toen droeg hij het over zijn schouder en ging de trap op naar de kamer waar Rosa Nancy's kleren aan het voorbereiden was.

Het meisje, dat hem zag aankomen met het levenloze lichaam van Fred, slaakte een kreet en riep verschrikt uit:

'Wat is dat, meneer Bud? Wat is er met die arme Fred gebeurd?

"Dat hij meer een idioot is dan ik, en dat zegt genoeg." Het speet me heel erg omdat ik geen vijand had om mee te vechten om je liefde te betwisten en ik heb mezelf gegeven om je dat genoegen te geven. Zeg me of ik je toesta, of gooi je in een vijver om te verdrinken voor een idioot.

Rosa, verontwaardigd, riep uit:

'En daarom moest je hem zo mishandelen? Denk je dat ik een stront nodig heb in plaats van een man? Om van hem te houden, is het gezicht dat hij heeft genoeg. Ik hoef niet voor de vuist te worden veranderd.

Bud, glimlachend, riep uit:

"Nou, dan hoef je je niet te haasten." Over drie of vier uur heb je hem weer. Omdat ik vastbesloten was om niet meer met hem te vechten, moest ik hem een keer op de grond laten bijten en dat heb ik nu al gedaan.

Plotseling stond Fred op, keek hem spottend aan en zei:

'Wat geloof je dat, klootzak! Eens kijken of je denkt dat ik de actie niet heb gezien! Wat er gebeurt, is dat ik je voor de gek wilde houden, je die stomme voldoening geven ..., maar uiteindelijk bedank ik je, omdat je me hebt behoed voor iets moeilijkers en gevaarlijkers voor mij dan vechten met jou.

"Wat? Jij stuk dier!

'Nou, ik moet getuigen tegen deze jongen.' Dat was moeilijker voor mij dan vechten tegen twaalf bandieten.

Bud, gedesillusioneerd dat hij zijn onbeschofte vriend niet bij verrassing versloeg, riep dreigend uit:

"Het is in orde; Maak er grappen over, maar claim geen overwinning. Ik zweer je dat ik je op de trouwdag zo'n pak slaag ga geven dat ze je op een brancard naar de kerk zullen moeten brengen.

'Ik zou het moeten zien! riep Fred uit. En nu, ga alsjeblieft weg, ik moet een paar woorden zeggen tegen dit suikerklontje. Als je zo'n idioot bent dat je je tijd verspilt met dreigende gevechten in plaats van liefdesliedjes te zingen om je te kwellen, kan ik dat niet kwalijk nemen. Ga weg!

En met een geweldige duw zette ze hem in de hal en sloeg de deur dicht...

EINDE

9 798201 097851